述往事，思来者

家学杂忆

舒芜 · 著

方竹 · 编

北京出版集团公司
北京出版社

图书在版编目（CIP）数据

家学杂忆 / 舒芜著；方竹编 . — 北京：北京出版社，2020.3
ISBN 978-7-200-13503-9

Ⅰ.①家… Ⅱ.①舒… ②方… Ⅲ.①散文集—中国—当代 Ⅳ.① I267

中国版本图书馆 CIP 数据核字（2017）第 266565 号

出 品 人：安 东 高立志 责任编辑：王忠波 吴剑文
特约编辑：向 霁 责任印制：陈冬梅
封面设计：李浩丽

家学杂忆
JIA XUE ZAYI
舒芜 著 方竹 编

出 版 北京出版集团公司
北京出版社
地 址 北京北三环中路 6 号
邮 编 100120
网 址 www.bph.com.cn
总 发 行 北京出版集团公司
印 刷 北京华联印刷有限公司
经 销 新华书店
开 本 880 毫米 × 1230 毫米 1/32
印 张 6.625
字 数 130 千字
版 次 2020 年 3 月第 1 版
印 次 2020 年 3 月第 1 次印刷
书 号 ISBN 978-7-200-13503-9
定 价 48.00 元

如有印装质量问题，由本社负责调换
质量监督电话 010-58572393

《家学杂忆》序

方竹

《家学杂忆》是爸爸回忆亲人、怀念家乡、回顾人民文学出版社古典部文章的结集。

说到家学，爸爸充分吸取家中文化营养，《家学杂忆》一文写得比较清楚，幸运的是他也把文化传承下来，虽因时代原因（知识越多越反动，人们不敢传播知识），已大大简化了。

回想和爸爸在一起的几十年，印象最深的是他和孩子们有关中外名著、中外历史的闲谈，是爸爸把众多诗人的名字清晰地带进我的记忆中（以前比较朦胧），让我在无书可读的动乱的青少年时期，有机会领略文学的美好，我就先谈谈家学中的诗吧。

李白的《将进酒》《蜀道难》《梦游天姥吟留别》都是仙人语，青春时读这种光辉浩荡的诗，那种澎湃激情让我终生难忘。

读传说中李白的词感觉就不同了，譬如《忆秦娥》：

箫声咽，秦娥梦断秦楼月。秦楼月，年年柳色，灞陵伤别。

乐游原上清秋节，咸阳古道音尘绝。音尘绝，西风残照，汉家陵阙。

词伤感而缠绵，爸爸笑说："明顾起纶说：李太白的《忆秦娥》为千古词家之祖。"

李贺的"弹琴看文君，春风吹鬓影"，爸爸赞美过不止一次，笑说："不用写她的美，就这两句，形容的就一定是个美人，没有风韵气度，可当不起这种描写。"

爸爸深叹后蜀降赵匡胤后，花蕊夫人的诗：

君王城上竖降旗，妾在深宫哪得知？
十四万人齐解甲，更无一个是男儿！

爸爸慨叹："女性和平时是玩物，一旦国破，总要担亡国之责，从妹喜、妲己、褒姒始，总之，君王是好的，都被女人迷惑了，全是红颜祸水论！"

又说到神采飞扬的唐代，女性受教育最多，但还是不能科考，鱼玄机在长安崇真观举头看新科及第的进士榜上有名，喟然长叹：

云峰满目放春情，历历银钩指下生，
自恨罗衣掩诗句，举头空羡榜中名。

爸爸笑着做举头看榜的样子。又说薛涛八九岁通音律，其父作：

"庭除一古桐，耸干入云中。"她即对："枝迎南北鸟，夜送往来风。"

爸爸笑说："这诗可不太妙啊，她父亲很忧虑，后来真流落风尘，就像预示，你说怪不怪！"

夏天乘凉，头上白杨树沙沙响，爸爸摇着扇子背诵：

云母屏风烛影深，长河渐落晓星沉，

嫦娥应悔偷灵药，碧海青天夜夜心。

他说："哎呀，月宫里永远只一个人，每天对着碧海青天，想想都害怕！"

又说到《锦瑟》，爸爸说："庄生、望帝、沧海、蓝田，每句都不知何所指，但句句感人，引人无限遐想，最后总括两句，此情可待——成追忆，只是当时——已惘然。"

爸爸对南唐后主李煜感慨万千："最是仓皇辞庙日，教坊犹奏别离歌，垂泪对宫娥。""梦里不知身是客，一晌贪欢。""多少恨，昨夜梦魂中。还似旧时游上苑，车如流水马如龙。花月正春风。"

爸爸："说来真是不幸，如不亡国，作不出这么沉痛的好词，但谁愿亡国而做好词呢，就像清朝赵翼的那两句'国家不幸诗家幸，赋到沧桑句便工'。"

他又讲大周后小周后亡国后屈辱至极的故事。

历史上真实的周瑜风神出众，文武双全，心胸宽阔，绝非《三国演义》描写的那般嫉贤妒能，爸爸说："李端的五绝《听筝》："鸣筝金粟柱，素手玉房前。欲得周郎顾，时时误拂弦。'有意思。"（那时周瑜才十几岁，得如此尊敬。）

我笑："真要是时时误拂弦，周郎恐怕不会'顾'了，肯定拂袖而去，孺子不可教也！"

爸爸点头笑说："嗳，是的，是的。"

爸爸还笑谈柳永的词《鹤冲天》惹得宋仁宗不高兴，笑说："苏东坡还是很称赞他，词书上说："世言柳耆卿曲俗，非也。如《八声甘州》云：霜风凄紧，关河冷落，残照当楼。此语于诗句不减唐人高处。'"

现在想，历代皇帝唯宋朝皇帝文雅，不高兴了只在卷子上批一行字，赌气的意思，把文人当人，包拯反对宋仁宗的任人唯亲，一激动吐沫星子都溅到宋仁宗脸上，皇帝也只尴尬地拿袖子擦脸，一句责备都没。这种君臣关系真是空前绝后，对比可怕的元明清，宋朝让人心向往之。

爸爸沉醉地背秦观的"金风玉露一相逢，便胜却人间无数"。说秦观的"东风里，朱门映柳，低按小秦筝"，"是典型的小家碧玉形象"。

我们还围着爸爸听他笑谈周邦彦、李师师、宋徽宗的故事。

那一年年，一月月，在时隐时现的诗词中流淌，如今闭目尚能见爸爸吟诗的身影。

更有很多趣谈，爸爸说："中国历史上有许多人物，比如蔡邕、唐寅，身上都背负很多故事。陆游那首诗："斜阳古柳赵家庄，负鼓盲翁正作场。身后是非谁管得，满村听说蔡中郎。'（《小舟游近村舍舟步归》）一棵大树下，满村人都在津津有味地听蔡邕的故事，说他抛妻弃子，被雷震死。还有唐伯虎点秋香，其实都是没影的事，但民间把这些故事都要附会在他们身上，历史上这样的人物被称为'箭垛式的人物'。"

爸爸对元稹的《遣悲怀三首》提到过多次，尤其那句"昔日戏言身后事，今朝都到眼前来"。他觉得这两句比什么色彩浓烈的悲哀的话都让人哀伤。

又说苏东坡一日问幕士："我词何如柳七？"对曰："柳郎中词，只合十七八女郎，执红牙板，歌'杨柳岸，晓风残月'；学士词，须关西大汉，铜琵琶，铁绰板，唱'大江东去'。"（南宋俞文豹《吹剑录》）

爸爸边说边做执铁绰板唱"大江东去"模样，笑说："苏东坡听了很高兴。苏词有个特点，最后两句会骤然境界大开，他的词：'多情多感仍多病，多景楼中，樽酒相逢，乐事回头一笑空。停杯且听琵琶语，细撚轻拢，醉脸春融，斜照江天一抹红。'先是写眼前景物，最后一句，一下荡开去，眼界顿时扩大，晁以道说：'东坡词，歌之曲终，觉天风海雨逼人。'的确是这样。"

二十世纪九十年代中，一天上午，宁静的天空蔚蓝辽阔，爸爸在客厅边散步边笑说：

"'朝闻游子唱离歌，昨夜微霜初渡河。'多好！"

那天爸爸脸上笑容也蔚蓝如水。

渐渐地，爸爸谈韩愈多了些，说他的"不美之美"、"非诗之诗"。"我齿豁可鄙，君颜老可憎"，"僧言古壁佛画好，以火来照所见稀。铺床拂席置羹饭，疏粝亦足饱我饥。"

以前可有人写过这样幽默的诗？正如爸爸在《论韩愈诗》一文中所说："于是，在李杜之后，在极盛难继的局面之下，正是这个韩愈，把继续推动中国诗歌向前发展的任务担当了起来。"

到晚年，爸爸感叹英雄对小民的生杀予夺之权，唐李华的《吊古战场文》他从小会背，骈赋很长，他特地从电脑打印下来给我看，特别对后面这些句子感怀不已：

> 秦起长城，竟海为关。荼毒生民，万里朱殷。汉击匈奴，虽得阴山。枕骸遍野，功不补患。苍苍蒸民，谁无父母？提携捧负，畏其不寿。谁无兄弟，如足如手。谁无夫妇，如宾如友。生也何恩，杀之何咎。

爸爸说："小时捧着抱着，生怕磕着碰着，他们生时受过何恩？杀他们又因何罪？这篇赋完全是民本思想。"

除了谈诗，还有更广阔的文学世界：楚庄王的绝缨会，《虬髯客传》中的红拂夜奔，孔融对"小时了了，大未必佳"绝顶聪明的回答，王羲之东床坦腹被晋郗鉴太傅选中女婿的趣事，爸爸坐在圈手椅里，兴高采烈地讲着。

有一次，爸爸笑得合不拢嘴，说："《二十年目睹之怪现状》里，写科场考试，题目是，'邦君之妻'，有本卷子，破题就是

'圣人思邦君之妻，愈思而愈有味焉。'人人看了大笑，但看到后来大吃一惊，没想到却是通篇引《礼经》很堂皇正大的一篇好文章。这也是文章引人注意一法，妙吧！"

《水浒》中"智取生辰纲""劫法场"都很精彩，不过，爸爸说："'血溅鸳鸯楼'太血腥了，武松报仇，杀了张都监、蒋门神就罢了，还要把夫人、使女见了就杀，有什么必要？她们有什么罪？尤其用人、使女更没罪了，统统杀掉，这就是英雄！？"

不过，爸爸赞美鲁智深：三拳打死镇关西，让父女俩逃跑时，粗中有细，搬条板凳坐门前，防有人追赶；赤条条在帐子里揍小霸王周通；《水浒》中只有他肯为弱女子申冤，爸爸认为鲁智深是《水浒》中第一流人品！

我说："阿爸，这《儒林外史》写得太好玩了。中国老百姓真怕官，知识分子也都是官迷！"

爸爸说："几千年帝王专制，老百姓都战战兢兢。"又笑说，"马二先生游西湖最有趣了，说他：'身子又长，戴一顶高方巾，一幅乌黑的脸，腆着个肚子，穿一双厚底破靴，横着身子乱跑，只管在人窝子里撞，女人也不看他，他也不看女人。'最后两句真妙，呵呵，横着身子乱撞，把人写活了，马二先生恐怕就是吴敬梓自己。"

（马二先生横着身子乱撞这情节，爸爸还和周绍良、陈迩冬二位谈过，他们也是边说边笑。）

爸爸谈《当代英雄》中的皮却林，说普希金就是俄罗斯文学中"多余的人"，还谈《奥勃洛摩夫》《父与子》和其他俄罗斯文学名著，说到《战争与和平》，我们笑提起那句精彩的话："阿纳托尔的出现，颠倒了莫斯科的太太小姐们！"

我还记得爸爸和哥哥激动地谈塔拉斯·布尔巴，儿子在断头台骨头被根根折断，最后他喊：

"爹，你在哪，你听见没有？"

"我听着呢！"静寂中发一声喊叫，黑压压的人群战栗起来。

真是惊心动魄的文字，那个静静的晚上，只有灯光和文学。

爸爸最喜欢《约翰·克里斯朵夫》，喜欢傅雷的翻译，说："'江声浩荡，自屋后上升'，译得真是好啊！"

一个周日，我们围着爸爸谈对美国作家杰克·伦敦的《荒野的呼唤》的感受，对那只狗、那辽阔野性的荒原充满激情。还有《红与黑》《巴黎圣母院》《九三年》，爸爸说："雨果的《九三年》是强烈的人道主义。"

"浪漫主义的写法常是：'二十年后'。呵呵，二十年时间，一笔带过。"

二十世纪七十年代，是大家四处拼命找书借书看的年代，能得到一本书就是久旱逢甘雨，别提多高兴了。一天下午，爸爸从外面回来欣喜地说：

"借来两本书，两星期后务必要还。"

我兴奋地跑过去，看见两本白书皮黑标题苏联的书，书名可惜忘了。

"五叔那借的？"

爸爸笑着点头。当年，五叔在新华社工作，渠道多一点。

随后几天有书看了，我们就像过一个小小的节日般高兴，姐姐一周后还要看呢。

我的书两天半看完，忍不住跑到爸爸房间，发现那本书翻扣在床上，他正干别的，我笑说："哎呀，阿爸你快看啊。"

爸爸笑说："好，好。"

我急忙拿书看一会，就听爸爸说："好，我要看了。"

我恋恋不舍地放下。

看完书后，我们议论了好多天。虽同一意识形态，但这两本书不搞"三突出"，人物性格也没那么假，在那个无书可读的年代，就很愉快了。

书中有个小细节，写一老干部退休后无事可做，偏偏同院住的年轻女邻居不上班，从早到晚在房间大声放同一张唱片——《马露霞把着方向盘》，老干部烦透了，又毫无办法。

爸爸也对这细节印象深，我们一边说一边笑。

文学，是爸爸在那个精神苦闷年代送给我们的最珍贵而无声的礼物。

文学以外更有思想上的启发。

爸爸曾困惑地说："有的事，不知该怎么看，你看人类社会，表面上看，当然是进步了，就说刑法吧，过去多少酷刑，一点小错就割鼻、断足、抽筋，触犯刑律稍大一点尤其若说你谋反，必然车裂、腰斩、夷三族，太可怕了，比起来现在社会的确文明多了，许多国家甚至废止死刑，但现在发明了化学武器，原子弹，一颗原子弹能使百万千万人丧生，毁灭性杀伤性更大，环境也彻底破坏，你说人类社会是进步了还是退步了？还真说不好！"

对于牛顿后来信仰上帝，爸爸说："我们受无神论教育多年，也就这样了，但许多大科学家后来都信仰上帝，这些都是人类最聪明的大脑啊，这就很说明问题！"

又说到一个历史人物，爸爸说："孟子言：'长君之恶其罪小，逢君之恶其罪大。今之大夫皆逢君之恶'（《孟子·告子下》），他就是逢君之恶，你看哪次风浪来了不是这样？他就像平儿，帮凤姐干了那么多坏事，所有凤姐的事不都是她经手么，是凤姐的得力助手，但在她职权范围内，她会尽量为下人开脱，下人都不恨她，还感谢她，他就像平儿，像极了。"

这些是诗以外更广阔的世界。

慢慢地，家族先人的诗也进入我生活，我的伯曾祖父方伦叔先生的长古：

> 石火电光动心目，坐闻修竹凌苍天。……
> 春风细细松月静，春雨绵绵儿孙添。
> 客去主归梁燕喜，茶烟清处书当轩。
>
> （《网旧闻斋调习集〈凌寒亭歌并序〉》）

我能从中感到我家勺园竹林的清香，如今竹林早已消失，那一棵棵刻着我祖父、叔祖小名的树早化成灰烬。

我大伯方玮德是新月派诗人，爸爸笑眯眯地背他的诗："一道天河从梦中流过，河里有船，船上有灯光。"又背徐志摩的《再别康桥》，还有二十世纪八十年代横空出世的油印刊物《今天》，上面的诗爸爸总兴奋地向友人推荐。

郭沫若的《湘累》很美，爸爸慢慢地背，我闻所未闻如此缠绵悱恻的歌词，听醉了。

后来，大姑姑唱《湘累》，我又学会了歌：

九嶷山上的白云有聚有消，

洞庭湖中的流水有汐有潮，

我们心中的愁云，我们眼中的泪涛啊，

永远不能消，永远只是潮，

太阳照着洞庭波，我们的魂儿战栗不敢歌……

音律、情感都如水波般荡漾，荡漾，堪比优美的印尼民歌《星星索》。

爸爸还在网上搜集各种文化信息，找到一位东欧女诗人的诗，妻子写给丈夫的：

你说：你爱我。

你说：我是你的天使。

好啦，先生，先把碗洗了吧！

另一首：

> 面包在餐桌上，
> 咖啡在炉子上，
> 西红柿在冰箱里，
> 我，在床上。

那年他八十三岁，还喜欢这样青春活力、趣味盎然的诗。有一天他搜到一个获世界最短最恐怖小说奖的小说叫我看，只一句话："当世界上只剩最后一人时，一天晚上，传来敲门声。"

我们当时都吐一口气笑了。

从旧诗到新诗到所有中外文学，爸爸融会贯通地吸收它们的美，给我留下永恒书香的记忆。

2016年夏季，我在长城脚下，仰观无际星空，许多巨大明亮的星团，我突然觉得，爸爸就住在一颗星星里，我对星星轻轻呼喊："爸爸，爸爸。"感到充沛的星光携带爸爸最喜欢的那首诗扑面而来：

> 秦时明月汉时关，万里长征人未还，
> 但使龙城飞将在，不教胡马度阴山。

此时万里长城，静卧在无边月光下。

2019年8月

附：《湘累》

泪珠呀，流尽了，爱人呀，你回不回来呀，

我们从春望到秋，从秋望到夏，望到海沽石烂了，爱人呀，你还不回来呀。

我们为了她，泪珠要流尽了，

我们为了她，心都要破碎了，

层层锁着的九嶷山上的白云，

微微波着的洞庭湖中的流水啊，

你们知不知道她的所在，

九嶷山上的白云有聚有消，

洞庭湖中的流水有汐有潮，

我们心中的愁云，我们眼中的泪涛啊，

永远不能消，永远只是潮，

太阳照着洞庭波，我们的魂儿战栗不敢歌，

待到日西斜，起看篝中昨宵泪，已经开了花，

啊，爱人呀，泪花快要开谢了，你，回不回来呀？

2019年11月13日

附：爸爸生活习惯作息时间

爸爸每天早6点左右起床，一年365天包括大年初一不例外。起床站半小时振动仪锻炼身体，站时默诵唐诗宋词。

早点后，坐写字台前写作到中午12点吃饭。

下午一点半午睡，3点多起床，读书。晚饭后看半小时电视，或读书聊天，晚9点洗澡，365天不断。

洗完澡上床读书到夜11点渐入睡，半夜醒几次，起来喝口水，拣起掉在地上或被子上的书接着读书入睡。

床头台灯彻夜不关。

2019年12月12日

目　录

"桐城派"与桐城文化

　　我是安徽省桐城县人。桐城在清代接连出了几位古文家，形成一个"桐城派"，统治了清代文坛约二百年，有"天下之文章其在桐城乎"之说。我自幼习闻此说，既然天下之文章都在桐城，可见桐城之外没有文章，生为桐城人真是可以骄傲的。稍稍长大一点之后，才知道清代文坛上，这个派那个派多得很，桐城派不过是其中之一，我的"桐城之外无文章"的信念已经动摇。后来又知道在我出世以前，中国已经经历了一次文学革命，一切抱残守缺的旧的文学都在扫荡之列，而"桐城谬种，选学妖孽"首当其冲。这给我更大的震动。当时不少桐城人对这八个字很有反感，有些家庭里面教育子弟仍以白话文为厉禁。我这个桐城人说也奇怪，对此倒是没有多大反感。是不是我特别缺少爱家乡之心呢？恐怕也不尽然。细想起来，我的祖父的家庭教育对我有很大影响。他是诗人，书法家，对桐城先辈很尊敬，却并不要求我们作桐城派古文。他经常赞美并要我们学习的，是当时《大公报》的浅近文言文的社论。他大体上是"中学为体，西学为用"的思想，也按照这个方针教育我们。我

1

的姑母方令孺和堂兄方玮德，当时都是新月派诗人，祖父明明知道，从未表示不以为然，还赞赏他们的才华。新文学书籍在我们家庭中从不禁止，我因此有机会进初中之前就读到鲁迅、周作人、叶圣陶、冰心、陈衡哲、徐志摩、梁实秋等人的书，特别被鲁迅、周作人的书吸引了。我知道对桐城派的严厉批评，是出自我所喜爱的这些新文学家这一边的人（那时还不知道钱玄同的名字），自然没有什么反感了。这样一来，桐城义法我再也无心去学。俯仰之间五十年过去了，恐怕只有终身为桐城派的一个不肖子孙了。

以上这些话，去年十一月我回桐城参加桐城派学术讨论会时，在会上大致都说过。我说我没有资格参加讨论，只是来听，来学习。这本来是很惭愧的。为了稍作弥补，我提出一个建议：希望在桐城再举行两个全国规模的学术讨论会——方以智讨论会和朱光潜讨论会。（朱先生三月六日辞世，我在此谨致悼念。）并不是说这两个会我都有资格参加讨论，其实我是同样毫无所知。我只是这样来提出一个观点：要把"桐城文化"和"桐城派"两个概念区别开来。

桐城开发虽较晚，宋朝才出现第一个名人大画家李公麟，毕竟去今已远。从明末开始，真是人才辈出，代代相承了。首先是明遗民中头等人物、大哲学家、大科学家、百科全书式的大学者方以智，此外如钱秉镫、方文、孙临、孙学颜也都是全国知名的明遗民，他们都是桐城派形成之前的。桐城派形成之后，还出现了马瑞辰这样的杰出的考证学家，他的《毛诗传笺通释》是清代《毛诗》之学的代表性著作，公认为可与陈奂的《诗毛氏传疏》并称。清末，所谓"桐城派复兴"之时，桐城又出现了目录学文献学家萧穆。以上这几位桐城名人的学问文章，都不是桐城派一路。他们的存在，说明桐城文化绝不限于桐城一派，桐城派不过是其中一个部分。所以文学革命严厉批评了桐城派后，桐城派不存在了，桐城文化还是存在。"五四"以后的新文学新文化史上，美学家、教育家、文艺理论家朱光潜，哲学家方东美，诗人散文家方令孺，文学史家、音韵学家方孝岳，文学史家、杂文家丁易，就都是桐城一县贡献给全国的人才。这还没有说到自然科学方面的。

那么，桐城这样一个半山区的县，交通不便，耳目闭塞，何以三四百年来文化能如此发达？这里面究竟只是偶然，还是有某种规律性，大可思索，或者总结出来之后，对全国别的经济不很发达的地区的文化建设，也会有参考价值。对于桐城本身的文化建设，当然更会有直接的帮助。

听说桐城正争取把县城定为文化城，已向上级正式提出请求。我作为一个桐城人，当然非常赞成。桐城县城不大，有关桐城文化的遗迹和纪念地几乎每走一步路都可能遇到。文化城建设所需的投资，大概不会是很大的数字。如果能够通盘考虑，每个省定出几个真有独特文化意义的文化城，把它们建设起来，供人们欣赏研究，让后代生活在文化环境当中，这项智力投资大概为数较小，而对精神文明建设，其社会效益之大是难以估计的。

一九八六年三月

我非方苞之后

　　我本姓方，安徽桐城人，因此常常被认为是桐城派创始人方苞的后裔。若在宾筵广座之中，匆遽应酬之际，不好啰唆解释，只好含糊应付；若是从容相对，稍有余裕，我总要这样分辩一番——

　　不，我不是方苞之后。桐城有三个方：桂林方、鲁谼方、会宫方，同姓不同宗。方苞是桂林方，我是鲁谼方，不是一宗。

　　桂林方之得名，与广西桂林无关，而是从成语"桂林一枝"而来。自明末清初，桐城方姓出了一系列的名人：以思想学术为一代大师的是方以智，以文章经术得高名的是方苞，牵入《南山集》文字狱重案的是方孝标，做到督抚大官的是方孔炤、方观承，还有称为方氏三诗人的方文、方贞观、方世举，等等，都是桂林方。直到清末，任四川提学使，落户成都，成为四川"五老七贤"之一的方旭，以及现代著名哲学家故方东美教授，也都是桂林方。所以他们真正是桐城望族，本地人称之为"大方"或"县里方"。桂林方氏宗祠盖得美轮美奂。外地人"话到桐城必数方"（黄苗子兄赠亡友方鸿寿词《鹧鸪天》中句），也是因为桂林方氏人文蔚盛给人印象

4

很深之故。至于戴名世《南山集》一案牵出方孝标《滇黔纪闻》，康熙皇帝批旨中所谓"案内方姓人俱系恶乱之人"，又曾对大学士等说："方氏族人，若仍在本处，则为乱阶矣。"虽然他的论据是把歙州方光琛与桐城方孝标混为一宗，但其实在所指的仍是桐城的桂林方氏，受到下狱、流放、编管入旗等处分的方姓人口都是桂林方氏，这在辛亥革命以后倒成了桂林方氏的光荣史。方苞也曾因此案下狱编旗，得以写出《狱中杂记》那样的文章，甚为近世论者所重。方贞观为方苞之从弟，也曾在编旗之列，其《南堂诗钞》中乃有公然引秦始皇坑儒事相比的怨愤不平之句，其书遂成禁书，知堂曾论之曰："在清朝桐城派虽有名，不佞以为方氏之荣誉当不在苞而在贞观耳。"不论荣誉在谁，都没有出桂林方氏的范围。

相对于桂林方之被称为"大方"，我们鲁谼方则是"小方"，相对于他们为"县里方"，我们则是鲁谼山上的。"谼"字少见，音洪，意思是大壑，但古书上多用于山川的专名，我从小就知道鲁谼是我县的山名，是我族祖先所居之地（新中国成立后已简化为"鲁洪"，下文也都从简）。至今未见过作为"大壑"之意的普通名词用的。我们祖先在鲁谼山上以打猎为生，所以又有"猎户方"之称，这只是别人背地里叫的，当面不叫，因为这样称呼在旧时显然有看不起的意味。我很惭愧始终未去过鲁谼山，只听说我们族人的绝大多数在那里聚居，我们鲁谼方氏的享堂也一直在那里。我族只有"享堂"而无"祠堂"，其他大姓张、姚、马、左、方（桂林方）则皆在县城里有"祠堂"，这也是我们为小姓的表征，说起来还是没有面子的事。清朝乾隆以前桐城方姓大小知名之士，没有一个是我们鲁谼方的。鲁谼方氏第一个在全国范围内算得上知名的，是方东树（1772—1851），他是姚鼐的学生，主要活动时间是道光年间，已经很迟了，算起家族辈分来他离我并不远，只是与我的曾祖同一辈。（他的年龄比我的曾祖大得多，我的曾祖是他的族弟同时又是学生，下文就要说到。）他也没有什么大名，一生著述甚多，其中《汉学商兑》《书林扬觯》二书，以张扬宋学攻击汉学引人注目，学术上并无价值；又有《昭昧詹言》一书，则可以代表桐城派的诗论，在科举制度下士子都要作试帖诗的时代相当盛行，现在看来在清代文学批评史上倒是可以有一席之地。鲁谼方氏第二个有些名气的，就是我的曾祖方宗诚，他是方东树的族弟和学生，是理学家，与陈澧、朱次琦同受清廷五品卿衔之赠，以旌老学，此事为后人写他的传记时所艳称，但是他的学术成就自不能与陈、朱相比。现代学界文林中较知名的，则有我的父亲方孝岳教授，我的姑母方令孺教授，时代太近，且不详说。总之，鲁谼方氏比起桂林方氏来，就是这样单寒之家。我幼年在家乡，所往来所认识的亲戚师友乃至一般社会接触中姓方的不少，基本上都是桂林方（如上文提到的方鸿寿兄，即是桂林方，他是方以智的嫡后）。而同为鲁谼方的则数不出几个。那时这种宗族界限很严格，很分明，彼此都知道。过去讲究同姓不通婚，后来放松了，同姓不同宗可以通婚，同姓同宗之间则绝对不许。我有一个堂侄，就与桂林方氏之女结婚，乡里间无有议其非者，也可以为两个方绝非同宗的证据。

关于会宫方，我所知极少，说不出什么来。会宫，是桐城县的一个地名。这一族似乎比我们鲁谼方还小。我只知道这一族出了一个人物方治，是国民党CC系的要人，抗战期间曾任国民党重庆市党部主任委员，抗战胜利后任国民党安徽省党部主任委员。此外，我不知道任何一个会宫方族的人。

上述三个方族，是我自幼熟闻的。后来又听说桐城还有许方一族，又姓许，又姓方，实际上多姓许。这是怎么一回事，他们在哪里，言者不详，我想也只好置之不论。

一个地方同一姓氏而有两个以上的不同宗族这是常有的；其中某一宗出了一些名人，后来此地此姓之人，虽本不同宗，也往往被外地人误认为那些名人之后，也是常有的。例如安徽绩溪清代出了三位经学家，胡匡衷、胡培翚、胡承珙，并称"绩溪三胡"。后来绩溪出了胡适，蔡元培为胡适的《中国哲学史大纲》作序时就说："适之先生生于世传'汉学'的绩溪胡氏，禀有'汉学'的遗传性"；蔡元培《答林君琴南函》又说"胡君家世汉学"，显然是把胡适当作"绩溪三胡"的同宗后裔。其实，绩溪胡氏有三宗："金紫胡""尚书胡""明经胡"。清朝的绩溪三胡属于"金紫胡"，世居绩溪城内，而胡适则属于"明经胡"，世居绩溪上庄，并非一宗。胡适被误派祖先，他自己当年并未出来纠正，直到四十年之后，他在美国口述自传时，才"顺便更正"了。胡适当年以二三十岁的青年学者，为新文化运动的领袖，备受旧派的老师宿儒的攻击诋毁。蔡元培是新文化运动的大护法，他一再强调胡适的家学渊源，显然是要为胡适的学术地位增加一些分量。胡适自己默认不辞，是不是也出于同样的考虑呢？我不好悬揣。我的成就当然远不敢望胡适，我被误派祖先却与他相似，私心总以为还是及早辩明的好。所以我只要不是在太匆遽之际，便竭力声明我如何如何不是方苞之后，啰嗦地说一通，也许听的人并不耐烦听，或者未听明头绪，反正只要听出一个"我不是方苞之后"也够了。以前还只需要口头声明，近来报刊上公开发表的文字中，已不止一次有指我为方苞后裔之说，那么我也得用公开文字来作答了。其实，即使真是方苞之后，也没有什么光荣，未必我就禀有文章义法的遗传性。但是，指我为方苞之后者，是把这一条当作一种光荣来指出的。那么我有义务辞谢这误派的光荣，也免使家乡父老（年轻人或者不大弄得清这些宗族区别了）以为我在外面冒充大姓。也有人是知道我论文章向来不满于桐城派，特地说我的祖先是方苞，以见我之对不起祖宗。那么我这辩明又不是针对这种指责的，因为我虽非方苞的子孙，仍是桐城派的子孙，上文说过方东树就是姚鼐的学生，是桐城派的诗歌理论家，我的曾祖父虽以理学名家，他的文章也是桐城派，我的外祖父马其昶又是桐城派最后一个代表作家（他就是我的曾祖父的学生），所以我一向自承为桐城派的不肖子孙，曾祖父外祖父比起康熙时代的方苞来要近得多哩。

是不是方苞的子孙，本来只是很小圈子内的人关心的事，不值得这么公开郑重辩明。但是，妄谈历史，似是而非，以讹传讹，是近年来报刊文字中常见的。能够辩明的，还是辩明一下为好。何况续家谱之风大盛，发现现代某人是古代某名人之后的报道时有所见，这不能不说是旧的家族门阀观念的沉渣的泛起，则择其不实者加以厘正，亦是澄清汰滤之一端也。

一九九六年一月十八日

我姓方，安徽桐城人，人家以为我是方苞之后，恭维我"家学渊源"，使我惭愧。其实我非方苞之后，我们家也没有什么闭门传授的学问。

但是，我们家的确是个文化大家庭。生活在这样家庭里，日常见闻的熏陶，积累而得的一些文史常识，别样家庭里可能要费些力才学到，甚至未必全学到，要说家学这也可以算吧。

兹试述其大概如下。

一

先说我不是方苞之后。

桐城有三个方氏：桂林方，鲁谼方，会宫方，同姓不同宗。桂林方是大族，清初方以智、方观承、方苞等大名人皆出之。我们鲁谼方没有那样大名人，道光年间才出了第一个比较知名之人——方东树，是姚鼐的弟子；第二个就是我的曾祖父方宗诚（字存之，号柏堂，家庭称呼柏堂公），是方东树的弟子。柏堂公不以桐城派古文家名，而以理学家名。我没有见过柏堂公，但是祖父教我们尊敬柏堂公，使他在我们幼年心目中有极高地位。祖父并没有教我们学柏堂公的理学。他给我们讲授过柏堂公的《六十述怀诗》，诗中所述的怀，只是儒家一般的伦理思想，不是理学特殊的东西。家里有一套完整的《柏堂遗书》，祖父并没有教我们读，我自己有兴趣打开来读了几种，又从祖父藏书中找了些有关的书来读，逐渐知道了儒学发展到宋代而为理学，又称宋学，又称性理之学、义理之学。理学内又有程朱理学与陆王心学之分。程朱就是程颐、程颢兄弟和程颢的弟子朱熹，朱熹为理学最大代表，再加上周敦颐、张载而称"宋五子"。陆王就是宋代的陆九渊、陆九龄兄弟和明代的王守仁。程朱讲"理"，陆氏讲"心"，王守仁讲"良知"。王守仁是明人，王学是陆学的发扬光大，所以宋学又扩大而称为宋明理学，如此等等，其实我也只是记住了这一些名目而已。

我心里还有一个中国学术文化史的大轮廓，是得自我们家每年正月初七隆重举行的"祭圣人"大典。祖父主持，全家男性参加。受祭的主要是圣人孔子，陪同受祭的是历代圣哲以及学者文人。祖父将他收藏的古人画像张挂起来，大体按照曾国藩《圣哲画像记》的次序排列，正中一排是历代圣贤，自孔孟程朱以至曾国藩本人，左右两边，一边是历代学者，即《圣哲画像记》所举的许（慎）、郑（玄）、杜（佑）、马（端临）、顾（炎武）、秦（蕙田）、姚（鼐）、王（念孙）等等，一边是历代文人，即《圣哲画像记》所举的韩、柳、欧、曾、李、杜、苏、黄等等，中间案上陈列着祖父珍藏的古籍古玩字画，我们按辈分年龄次序先后叩拜。这个虔敬的仪式年年举行，给我们印象深刻，对于中国学术文化的"义理、考据、辞章"三分大结构有了直观的领会。

我对宋学的兴趣不久就淡下去。因为读到一本梁启超的《清代学术概论》，知道清代学术主要成就是考据之学。考据之学肇始于汉，故又称汉学。清代汉学分吴、皖两派，吴派以惠栋为代表，皖派以戴震、段玉裁、王念孙、王引之为代表。吴派笃信汉儒，皖派不拘汉儒，方法更加科学，成就更大。考据又分经古文学和经今文学。经古文学讲音韵训诂，经今文学讲微言大义。经古文学讲孔子述而不作，经今文学讲孔子托古改制。经今文学家好讲《春秋公羊传》，因而又称为公羊之学。清末讲公羊之学最有名的是康有为，以公羊学的面貌鼓吹政治上的改良主义，引发了变法运动。梁启超是其大弟子，进一步介绍西洋学术，开拓风气，成为新文化运动的先声。梁启超的文笔条理分明，逻辑清楚，我读得津津有味，了解到宋学在清代并没有多大成绩，对它便没有兴趣了。

二

我还有一个家，就是我的外祖父家，过去可以叫作"外家"。我小时候，母亲常回娘家小住，我最喜欢跟去住，上中学时图路近，中午多在外家吃饭。

外祖父（家庭称呼外公）马其昶，字通伯，桐城派殿军人物，桐城派作家在新编《辞海》中列有专条的他是最后一个。他一九三〇

马其昶画像，胡图绘

年逝世，我才八岁，母亲带我住在外家，丧葬礼仪盛大隆重，稠叠张挂的挽联挽诗挽幛，琳琅满目，我天天反复浏览，就以一个八岁的孩子的悟性，把对联的平仄格律，上下款题署称呼的规矩等等大致弄清了。我父亲送的长联，为亲友们所赞许，我更加反复揣摩体味，熟读成诵：

> 碧梧翠竹散华来，异香仙乐，楼阁幢幡，弥顶踵，答神明，不肖管夷吾，忍将一束生刍奠；
>
> 月窟天心超象外，净洁精微，温柔敦厚，度津梁，藏腹笥，相攸晏元献，凄绝当年送女辞。

（章太炎送有挽联："一朝史事付萧致忠，虽子玄难为直笔。万世文章愧李遐叔，知颖士别有圣怀。"我当时还不知道章太炎为何如人，没有注意，多年后才听表兄马茂元念的。）

整个丧仪，七七四十九天，逢"七"放焰火，出殡之时沿路家家户户当门路祭，直到进山安葬，我都随母亲参加，亲眼看到什么叫作"身后哀荣"。于是从外家的耳目见闻中逐渐弄清了桐城派的历史源流，理论主张，师承关系。

桐城派的历史源流是所谓"学行继程朱之后，文章在韩欧之间"。其理论主张是方苞讲的"义法"，姚鼐讲的"神理气味格律声色"。其师承关系大致是：自方苞开创，经刘大櫆至姚鼐而极盛，"方刘姚"是为桐城派三祖。（又有"方戴刘姚"四祖一说，是加上一个戴名世。其实戴的行辈与方苞相等，文章也非桐城派可限。）姚门弟子有方东树、戴钧衡、刘开、姚莹，号称"小方戴刘姚"，他们都是桐城人。姚鼐在南北各大书院讲学授徒，门下出了不少非桐城籍的桐城派名家，如曾国藩《欧阳生文集序》所开列。曾国藩虽自命姚鼐的私淑弟子，他就不是桐城人而是湖南湘乡人。他是清朝的中兴元功，也是桐城派的中兴圣主。他的《欧阳生文集序》，第一次打出"桐城派"旗号。他门庭阔大，世所称"曾门四弟子"者，其中只有吴汝纶一人为桐城籍，其他武昌张裕钊、遵义黎庶昌、无锡薛福成都非桐城人。吴汝纶和张裕钊都是马其昶的老师。马其昶是桐城姚家女婿，与姚永朴（字仲实）、永概（字叔节）兄弟为郎舅关系，二姚也是吴汝纶的弟子，也是知名的桐城派文家，我对他们家庭称呼曰"舅外公"。桐城派的源流就这样与我的外公、舅外公连接起来，书上的历史连到了现实中几个活人身上。

与外祖父同辈行的当世名贤，我知道诗坛祭酒陈三立（散原），其文章也是桐城派，与我的外祖父齐名，有"南陈北马"之称。还知道吴汝纶的门庭也很阔大，胶州柯绍忞、南通范当世都出自吴门，柯绍忞更是吴汝纶的女婿。范当世由吴汝纶作伐续娶于桐城姚氏，与我的外公成为连襟关系；所娶姚氏女名倚云，是我外婆之妹，能诗，嫁到南通后成为地方上著名女教育家。吴汝纶的儿子闿生，也以能继承家学自负。

外公有四个儿子，长子根硕有才子之名，不幸早夭，其遗腹子茂元为外公钟爱的长孙，晚年亲自课读。我少年时贪恋在外家与表兄弟们玩，茂元是我们的头儿，也玩刀枪剑戟，也谈诗论文，我从他那里得到的见闻也不少。特别是，我进初中那年他初中毕业就考入无锡国学专修学校，立刻成为全校瞩目的高才生，寒暑假回来向我们纵谈学校情况，我由此知道了以唐文治为中心，以陈衍、陈柱、冯振、钱基博为主干，以钱仲联、王蘧常为后起的另一个文史学术圈子的大致情况。

外公的其他三个儿子，我的三位舅父，都没有承家学。最小的一位，我叫四舅的，年纪轻轻就抽鸦片，属于一般认为"不成器"子弟类型，但是上面说的给我极大影响的《清代学术概论》，我就是偶然在他的一个抽屉的乱纸堆里找到的。他甚至还到上海得到过章太炎的特别赏识，收为弟子，有"平生弟子以马文季为第一"之许。据说他是凭强记之功，得到章太炎的欣赏。章门晚年著名弟子之一孙思昉来到桐城任县长，以同门关系与四舅过从甚密，县里走门路找差事者闻风而奔走于四舅之门，我是亲眼见过的，似乎这个"不成器"子弟也并不简单。

我的二舅母，是同里诗人杨寅夔之女，名伏经，取秦火之后，汉儒伏胜传授经籍于其女之意，和一般女孩命名很不同，可见她父亲对她期望甚重。母亲在娘家与这个弟媳关系最好，特别告诉我要向二舅母多讨教。她子女多，家务繁，兴致始终好，经常和侄儿茂元、儿子茂炯以及我这个外甥诗词唱和。是长辈中唯一与我诗词唱和的人，鼓舞了我学作诗的兴趣。她有《七夕词》七古一首，我很佩服，至今还能背诵，约略有玉溪一路之意，我后来学作诗也曾想走这一路，可能和她的影响有关。

三

回过来说我们方家。

我的祖父方守敦，字常季，号槃君，书法家，诗人。他在乡里以"善于教子"著名，从儿辈至孙辈，按年龄段一拨一拨地聘请老师来家教读，聘什么老师，读什么书，读到小学毕业程度，结束家塾，进入中学，他都有统一计划安排和日常监督考查。所聘的老师的学识都是足以胜任的，特别是教我的十叔、大哥那一拨的徐中舒先生，离开我家后考入清华国学研究所，专攻史学，成为全国性的名教授，可见我们家塾的老师不是随便请的。但是，家塾里读的无非《三字经》《弟子规》《读史论略》"四书""五经"《古文观止》《唐诗三百首》之类，一般私塾里都读这些，算不得我们特殊的家学。

家庭日常见闻中首先对我们起教育作用的是祖父本人的形象。他终身没有担任过公职，是隐士型人物，很少出外应酬，也没有多少客人来。我们天天看见他从早到晚写字，看书，吟诗。我们兄弟读家塾时，每晚夜学完毕，规定必须到他书房去一趟，原来意思是一天结束，要向家长报告，备家长考查，得到他允许才能回去睡觉。实际上成了例行仪式，不过去叫他一声，他并不问什么，我们待一会，再叫他一声然后退出。他总是端坐案前朗声吟诗，韵调苍凉曲折，婉转抑扬，贴切诗的内容，在乡里非常有名。我们静静地听他吟诗，好像更领会了诗意。回去睡觉的路上还听着他吟诗之

一九三四年方守敦七十岁像

声，很远了还在耳边回荡。不记得有哪一晚他不在书房里读书吟诗，活生生的榜样使我们觉得无时不是读书之时，夜晚也不是闲暇玩乐的时候。我们少年岁月浸沉在他吟诗声里过来，对于古典诗词的领会不知不觉间有了较高的水平。有的晚上他偶然查问起今天讲了什么功课，某句某章怎么讲的，忽然他指出某处老师讲错了，应该怎么讲，我们高兴得很，第二天恶作剧地拿去问老师，使老师非常尴尬。

祖父是书法家，他的书法由《张猛龙碑》变化而自成一家，桐城城乡名胜都有他题写的摩崖或榜书，读书人家差不多都张挂有他写的联幅，来求书者络绎不绝。一卷一卷的宣纸卷插在大厅靠墙那张条几上的大帽筒里。每卷纸上贴有小红签条，上面写着"敬求法书，赐呼××"八个字，我们看得很熟悉，知道求书的规矩。祖父给人家写字就在大厅中间一张大方桌上，我们就给他牵纸磨墨，看他写字怎样用力，写的什么对联什么诗词，怎样落上下款，怎样用印。除了给求书者写，他自己每天临池不辍，酷暑中他赤膊挥汗写字的身影，至今犹在我耳目。惭愧的是我在书法方面完全是个不肖子孙，尽管祖父曾经用心教我，亲自选碑给我临摹，亲自批阅我每日的习字，要说家学这倒真正是家学，可是我的成绩实在太劣，他终于在痛斥我的字为"鬼画符"之后放弃了对我的希望。

祖父在大厅、书房、客厅里张挂着一些名家书写的对联条幅，经常更换，我们从中学习到不少知识，接受到审美的熏陶。印象最深的是邓石如写的长联：

沧海日，赤城霞，峨眉雪，巫峡云，洞庭月，彭蠡烟，潇湘雨，广陵潮，匡庐瀑布，合宇宙奇观，绘吾斋壁。

少陵诗，摩诘画，左传文，马迁史，薛涛笺，右军帖，南华经，相如赋，屈子离骚，收古今绝艺，置我山窗。

此联挂在大厅右壁，紧靠通后院的门旁，我们来往必经，抬头即见，我欣赏此联大量使用三言句式，简练易读，将宇宙奇观、古今绝艺凝练于目前。不久就读熟能背诵了。（当时还以为联文就是邓石如作的，多年后才知道是明李东阳题书斋之作。）邓石如是清代书法大名家，安徽怀宁县人，与桐城县邻县，其曾孙邓绳侯是我祖父的好友，绳侯次子仲纯是我祖父的女婿，我叫七姑父。

祖父书案旁墙上挂有一小幅山水画，笔墨寥寥，清微淡远，我很爱看，是苏曼殊手笔，这位诗僧民国初年曾经短时期来安庆高等学堂教过英文，他与陈独秀是好友，因此同安庆、桐城学界文林人士多有往还，这幅画就是他题赠给我祖父的。祖父有时又将另一幅小画换上，题署上款是"外舅大人"，下款是"甥湜"，则是祖父的另一个女婿——我叫八姑父的寿州孙湜（字伯醇）的作品，他是孙毓筠之子，以才子著名。

四

祖父给人写字，常用一颗椭圆形的章，文曰"方氏柏堂季子"，可见他以身为这位理学家的儿子自豪，但是他自己并不讲理学。他当然尊信桐城派，我却不记得他教过我读桐城派文章，倒是记得他不止一次赞美《大公报》的社论，指定某某篇教我细读，这种报纸文章属于梁启超开创的"新民体"系统，向来是桐城派看不起的。祖父自己毕生耽作旧体诗，为同光体诗人之一，却并不反对新诗，这在他那一辈老人中并不寻常。徐志摩有一首《火车擒住轨》，开头道："火车擒住轨，在黑夜里奔：过山，过水，过陈死人的坟。"桐城一位老先生嘲笑道："还要过尿凼，过屎堆，过茅厕坑吧？"祖父的态度不一样。他有一个女儿方令孺——我叫"九姑"，一个孙儿方玮德——我叫"大哥"，都是新月派诗人。祖父完全知道他这个女儿和孙儿在干什么，从未表示过丝毫不满。尤其玮德是祖父最钟爱的长孙，不幸早夭，祖父挽他的联云"才名风度早惊人"，这个"才名"只能是指新诗人之名。祖父这种态度，犹如开亮一盏绿灯，让我无顾虑地追随九姑和大哥之后走向新文学之路。

大哥方玮德那时还在南京中央大学读英文系，已经和法律系同学陈梦家并称新月派诗人的后起之秀。他的才名家族中引为骄傲，他的顾长飘逸的秀雅风度为女孩子们所景慕。他的新诗我读过不少，像"八月的天空掉下一些忧伤，雁子的翅膀停落在沙港"。"满天刮起一团风暴，电火在林子里奔跑。""星子不作声，这一夜，露水落在我的脸上，水不答我话，这一夜，沉默落在我的心上。"这些我都能背诵。他的长诗《丁香花之歌》，那么大胆热烈的爱情的歌颂，从理学家标准看来是地道的淫诗，使我惊心动魄。祖父知不知道这首诗，不得而知。但是大哥把这首诗公然寄回家中，显然没有对任何尊长保守秘密的意思。

大哥暑假回来过几次，带着我们这些小弟妹们玩，讲美丽的故事，每年暑假我们都渴盼他能够回来。有一次大哥叫住我说："小管，你听听，我写了一首诗，多好！"接着他朗诵道："一道天河从梦里流过，河里有船，船上有灯光。"没等他念完我大笑起来，说："这有什么好！我也会说：'河里有船，船上有灯光。'"我以为大哥又在开玩笑。后来才知道他真的作了这么一首诗，题为《幽子》，诗中"一道天河从梦里流过，河里有船，船上有灯光"两句的确是佳句，很有李白的"沙墩至梁苑，二十五长亭。大舶夹双橹，中流鹅鹳鸣"的风调。

　　大哥专门为我讲授过李白的《将进酒》，一面来回走动，一面神采飞扬地讲解，以后每想起这首诗，就想起大哥讲解的活动录像，并且觉得那也就是李白自己在讲解，李白如果活到现在也会作《丁香花之歌》。

　　大哥还对我进行了一种无言之教，影响更为深远，那是他留在我的房间里一小书柜的书。木制小书柜是家传的，两扇柜门上分别刻有祖父手书的"总百氏""别九流"六个大字，柜中书刊有的是我父亲的，有的是母亲给我购读的，绝大部分是大哥留下的。新文学各个流派代表作者的精要作品差不多全有。我记得有鲁迅的《彷徨》《朝花夕拾》《伪自由书》；周作人的《自己的园地》《谈龙集》；郭沫若的《落叶》和他翻译的《少年维特之烦恼》；他和田汉、宗白华三人的《三叶集》；徐志摩的《志摩的诗》和《翡冷翠的一夜》；陈梦家编选的《新月诗选》；冰心的《寄小读者》《繁星》《春水》；陈衡哲的《小雨点》；叶绍钧的《稻草人》；

梁实秋译的《潘彼得》和他的论文集《浪漫的与古典的》；朱光潜的《给青年的十二封信》等等。还有二十来期《小说月报》和三四期《新月》杂志。我翻来覆去读这些书刊，没有任何人指导，结果最喜欢的是鲁迅和周作人，尽管还不太懂，可就是喜欢，终身不改。一个小孩子盲目摸索，居然就摸索到新文学的这两座高峰，归根到底要感谢大哥的无言之教。后来我进中学，在学校图书馆借阅过更多新文学书刊，那不在我的"家学"范围内，这里不论。

九姑方令孺早已出嫁，没有和我同时在大家庭中生活过。她是家人亲戚谈论尊敬的人物，是我母亲少女时代的闺中密友，我对她特别注意。她的《诗一首》里的"爱，只把我当一块石头，不要再献给我，百合花的温柔，香火的热，长河一道的泪流"这样的诗句我很喜欢，能够背诵。一九三六年冬母亲带我去过一趟南京，住在九姑家，那是我记事后第一次见她。正好新出版的《宇宙风》杂志"家"专号，载有九姑写的《家》，文章标题和署名一行是手迹影印，原稿纸两行之间清清楚楚的字迹，给我深刻印象，和过去只看见成了印刷体字迹的曾祖父、外祖父的著书不同，原来文章可以这么快地从手稿变成印刷品，我也要这样，于是第一次有了投稿的意愿。

我有一位小叔父方竑，字孝博，比玮德大哥只大一岁，在中央大学读物理系，每年暑假回来，夏夜乘凉时，常指点星空，教我们辨认哪是银河，哪是牵牛织女，哪是北斗南斗，哪是北极，一面讲什么是太阳系，什么是恒星行星，行星怎样自转公转，什么是万有引力，什么是地心吸力，这些都不是正式的科学教育，也只能算家庭见闻熏陶。

五

玮德大哥不幸于一九三五年早逝于北平，前数月我的七伯父（方亮，字孝彻）逝世于南京。桐城家中给二人举行了合奠仪式，堂屋里满满张挂了家人的挽联，十三岁的我又一次得到熟读背诵的机会。

祖父"挽儿子亮"联曰：

> 顺命更何言，尔心忧苦，尔病缠绵，尔魂魄有知，应自幸解脱。
>
> 呼亲痛永诀，母讶见汝，父哭思汝，汝灵山长往，莫慨念平生。

祖父"挽孙玮德"联曰：

> 才名风度早惊人，家运惨如斯，地隔天遥又旅榇。
> 病榻梦魂弥忆我，尺书幸及见，心悲身苦可怜孙。

我父亲"挽兄孝彻"联曰：

> 友爱四十年，离恨二十年，天涯昆弟，白发高堂，泪眼相看，忍先摧折，白门波浪阔，归榇长兄扶，缠绵手足性情真，仲

也竟遭贞疾厄。

牢愁千百转，吟成三两卷，山川登览，中岁哀乐，风期自守，孤抱清深，才调早时闻，新诗近日俊，浩荡灵修飞去速，魂兮倘过海南居。

九姑"挽兄孝彻"联曰：

自幼服清才，常于月下灯前，戏咏兄诗娱老父。
中年痛永诀，从此春初秋末，只将花叶奠幽灵。

叔父孝博"挽侄玮德"联曰：

竹马青灯，历历儿时亲爱，长学同方，忧欢与共，迩岁驰驱江海，别易会难，矩知苦病高才，竟作他乡羁魄。

北地南天，恳恳归思凄切。一棺萧寺，何日还家，箧中手迹斑斓，音容在眼，幸有遗诗数卷，长留伴我形单。

我父亲"挽兄孝彻"联中"归梓长兄扶"句是说七伯父的灵柩是六伯父孝旭先生专程去南京迎接回家乡的。六伯父"挽弟孝彻"联，我只记得下联："携枢长途，苍茫万感，青山先垄近，此去优游往侍，魂适宜永宁。"

当时我已经暗中能分辨各个挽联的艺术成就，觉得祖父的两副最沉痛，父亲的一副最华彩工整，九姑的一副不工整而充满了才女的飘逸清秀。

一个文化家庭中的死生骨肉之情，可以用这样方式表达出来，以及对联这种形式可以发挥哪些作用，都是我在这次家祭活动中得到的教育。

六

我在大家庭随母亲生活那几年，父亲方孝岳都在南北各大学教书，一九三四年他在他的母校圣约翰大学教书时，世界书局出版了他的著作《中国文学批评》和《中国散文概论》，为刘麟生主编的《中国文学八论》中的两种。那年我十二岁，得到父亲邮寄回来的这两本书，非常兴奋。这是我第一次亲眼看见我家的人新出版的成本著作，也是第一次读到中国文学史门类的著作。《中国文学批评》把中国古典文学各家理论主张放在文学潮流派别的背景下来讲，可以说兼有文学批评史和文学史两种性质，正如它的《导言》中说："至于我们现在把一个国家古今来的文学批评，拿来做整个的研究，其目的在于使人借这些批评而认识到一国文学的真面。批评和文学本身是一贯的，看这一国文人所讲究所爱憎所推敲的是些什么，比较起来，就使这一国的文学作品，似乎更容易认识一点。"他这个目的是达到了，他这部书的确成为我在中国文学史和文学批评史两方面的入门书。先前在家塾里读过《诗经》，读过《古文观止》《唐诗三百首》之类，印象是堆成一堆、揉成一团的，读了《中国文学批评》才第一次有了展开的、绵延的印象。原来有这么多的文学理论主张，这么多的文学潮流派别，每一个主张代表着或者反对着某个文学潮流派别，不同的主张和不同的潮流派别之间总是有相生相克的互动关系联系在一起。发表文学主张理论的不只有批评家，还有诗人散文家，有选家；发表理论主张的方式不只有文章，还有选集，有"论诗绝句"，特别是详细介绍了元好问的洋洋大观的《论诗绝句三十首》，这个方式使我颇感兴趣，也偷着学做起来。

此书后来七十年间再三重版，证明它不只是入门书，而且有恒久的学术价值。尤其是其所用的方法，重在推阐各家理论的意蕴，能把古代批评家言之未尽的东西，极力推阐，发挥无遗，用的是各家自己的术语范畴，循的是各家自己的门庭蹊径，不是拿着某种现成的框架模式，把古人剪裁了往里面填，这种方法越来越为今之研究者所继承发挥。这是后话。

父亲给我的影响还在于通信。各人开始与亲友通信的年龄各不相同，我是比较早的。我少年伙伴中，只有我的父亲不在家乡，远在外面，母亲督促我至少每个月要给父亲写一封请安信；母亲又能读能写能检查我写的信，不容我偷懒。父亲总是及时回信，每封我都送呈祖父看，祖父很赞美父亲的书法，嘱咐我要好好保存。这些都培养了我对通信的兴趣，经常翻看祖父所保存的亲朋书札，从中体会书札的通常格式，称呼规矩等等，可学的很多。

首先写信封就不简单。信封的正常款式是：

```
┌─────────────────────────────────────────────────┐
│                                                   │
│  某某市  某某街  某某号                            │
│                                                   │
│  张某某   先生  大启                               │
│                                                   │
│                                                   │
│              某某县某某巷某某号张缄                │
│                                                   │
└─────────────────────────────────────────────────┘
```

　　信封上写的是给邮递员看的，不是寄信人对收信人的口气，全是寄信人对邮递员的口气："你把此信送到某某地方的张某某先生那里，请他打开（启），此信是某某地方姓张的人封口（缄）寄出的。"这不是寄信人称收信人为"先生"，而是寄信人告诉邮递员应该称呼收信人为"先生"，先前还得按照收信人身份分别称呼为"大人"或"老爷"等等，民国以后简化，一律称"先生"。

　　装在信封里面的信文，才是写信人对收信人说的话，其中格式礼仪更加复杂，信笺如何折叠都有规矩，这里省麻烦从略。

　　我的"家学"大概就是这些，范围只限于初中毕业前在家庭中日常听来看来的，不包括家塾和学校里老师正式教的；也有得自书本的，范围只限于家庭中原有现成的书，不包括有意向家庭以外借阅的书，只限于我自己找来看的书，不包括教师尊长指定我读的书。作为一个初中毕业生，我从这些"家学"得来的文史常识，不能说多，也不算太少，本来可以作为日后学习的基础，我的到老无成是我自己的怠荒。这些"家学"虽然没有超过起码常识水平，却使我避免了犯常识性的错误。

　　例如，我几次接到过信封上写"舒芜先生敬启"的信，好像要我恭敬地打开似的，一笑也就算了。

我还接过一次信末尾署"某某字"的信，好像写信者是我的父亲或祖父似的。本来我不好意思给他指出，但觉得关系较大，朋友之道不该沉默，还是向他指出了。他来信再三道歉说他实在不知道那是什么意思，只是偶然看见，觉得新奇，才学着一用而已。

　　在文章里说到人家已故的父亲，竟称之为"先父"，好像他忽然提起他自己的父亲似的，这种错误报刊上层出不穷，虽屡有人出来纠正，还是没有多少效果。

　　"文革"前一个剧本里写胡适当面称鲁迅为"树人兄"，其实应称"豫才兄"，剧作者显然不知道朋友间只能称字，不能称本名的规矩。过去一个人有名，有字，有号，还有小名、别号，它们之间的关系，怎么取，谁给取，人际交往中彼此称呼的规矩等等，非常复杂，现在更常常弄乱。

　　前几年北方某省一位诗坛祭酒老先生，到安徽游览，写的文章里说他到安徽博物馆参观过，知道桐城派情况，方苞的学生姚鼐，姚鼐的学生刘大櫆，云云，居然把刘大櫆与姚鼐的师生关系颠倒过来。我不相信安徽博物馆的介绍说明会如此颠倒。

　　这些都是常识性的错误，我之所以能避免，因为我从"家学"中知道，信封上不能写"敬启"而信文里又常写"敬启"，是因为"启"字有"打开"和"陈诉"两义：信封上写"张某某先生大启"用的是"打开"义，是说请收信人打开。信里面末尾也常写"某某敬启"或开头写"敬启者"，用的是"陈诉"义，是说"以上是我恭敬地向你陈诉的话"或者"以下是我要恭敬地向你陈诉的话"。信封上本来还有"台启""安启""钧启""勋启"

等多种写法，"台启"同"大启"差不多，"安启"用于寄给父母、祖父母的家信，"勋启"用于将军，"钧启"用于"秉国之钧"的大官，后来简化，一律取消，只写"某某某先生"，什么"启"都不写了。我知道，只有祖父、父亲写给儿孙的信，末尾才能署"字"字，别人不能乱署。我知道，所谓"家大舍小令他人"的规矩，"令他人"意思是对别人的敬称一律加"令"：称人家父亲母亲曰"令尊""令堂"，称人家兄弟姐妹曰"令兄""令弟""令姊""令妹"，称人家儿女曰"令郎""令爱""令侄"等等。关涉自己家人的称呼，"家大"是比自己大的加"家"，如"家父""家严""家母""家慈""家兄""家姊"，"舍小"是比自己小的加"舍"，如"舍弟""舍妹""舍侄"。称呼已故的自己家人，比自己尊长的加"先"，如"先父""先母""先兄""先夫"，比自己行辈低的加"亡"，如"亡弟""亡妻""亡儿""亡侄"。（对已故朋友，照说应该称为"先友"，但习惯多称"亡友"，反而少称"先友"的，不知什么缘故。）

　　为什么今天不少人会犯这些常识性错误呢？介绍什么书给他们看呢？我举不出一本。我获得这些常识，都不是从任何书中得来，只是从家庭日常见闻中逐渐积累而来。由此，我生动地看到了什么是文化断层。今天的家庭教育如何使子女从日常见闻中获得应有的文史常识，还是值得注意的问题。

二〇〇七年六月二十五日，在北京。

载《中国文化》杂志二〇〇七年秋季号

大家庭杂忆
——《家学杂忆》的补充

六十年前我写过一篇《我的怀乡》，"怀乡"是反话，实在是攻击我生长的大家庭，控诉它对我的童年的封建压抑，希望一把革命之火将它烧掉。我是拿巴金小说《家》做蓝本来描写的。

五四新文化运动的主要内容之一是提倡恋爱自由，婚姻自主，建立小家庭，反对封建大家庭，许多短篇小说接触过这个主题。巴金长篇小说《家》出来，对封建大家庭的罪恶提出了总的控诉。《家》里面的成都高府，地位之高虽然远不能望《红楼梦》中的贾府，也具体而微地表面上是个诗礼簪缨之族，花柳繁华之地，温柔富贵之乡，实际上则是个荒淫无耻、狰狞污秽的黑暗地狱，毁灭了一个又一个青年子女的爱情、青春和生命。曾经有多少封建大家庭的青年读者用这个镜子照出自己家庭同样是个黑暗地狱，于是走了觉慧的路，闯出家门，闯出夔门去。

我的大家庭其实并不是那样。我离开大家庭，也并不是闯出去的，我是抗战初期随同母亲逃难大后方，倒是从夔门之外逃进了夔门的，可是"怀乡"回顾之时，为了突出"反封建"的主题，竭力把我的大家庭也描写成高府一类了。这可以说是我给自己家庭强加的诬蔑不实之词，现在还是得由自己推翻它。

所谓大家庭的基本结构，起码是三代同堂，一个老祖父带领几个成年儿子、儿媳以及一群孙儿居住在一起，家产或者没有分，或者分了仍然同住在一所大宅里，共同生活空间决定了互相间的关系非常密切。《红楼梦》里的贾府，《家》里的高府，都是这样的大家庭，我家的基本结构也是这样。

但是，同样基本结构里的内容并不相同。高府的罪恶集中在父家长包办婚姻制度给子女带来的悲剧，我家在这一点上就很不同。我们堂兄弟姊妹这一辈，大哥玮德是祖父最钟爱的长孙，起先也由祖父做主与同乡世交某家小姐订立婚约，可是他进了大学便要求解除这个婚约，结果如愿，成为我们家这一辈争取到婚姻自主的带头人，在桐城世家子弟中也特别引人注目。祖父仍然钟爱这个长孙，大哥后来在外面谈恋爱，家庭亲戚间传为佳话，祖父也默默认可。大哥在北平与他心爱的某小姐订了婚，未及结婚而病逝，住院期间某小姐始终以未婚妻身份殷勤陪护照料，曾写长信给祖父报告病情，称呼"祖父大人"，祖父将此信给家人传观，表示嘉许。大哥树立了榜样以后，我们兄弟姊妹就再也没有人来包办婚姻，任你各显其能。

祖父那一辈老先生对新诗往往鄙视敌视。我亲耳听一位老先生嘲笑徐志摩道："他那也算诗！'火车擒住轨，在黑夜里奔：过山，过水，过陈死人的坟。'好！还过鼻涕，过眼泪，过大粪堆，过屎尿坑！"《家》里面高府青年子弟在社会上的新文学活动在家庭里更是完全处于非法地位。祖父自己一生作诗，为同光体中一人，而我的九姑方令孺和大哥方玮德则是著名的新月派诗人，祖父明知自己的女儿孙儿在干什么，毫不反对，他们对祖父也从不隐讳。大哥逝后，祖父有联哭之，有云"才名风度早惊人"，"才名"当然指其文才尤其是作为新诗人之才而言。

祖父在清末是积极主张废科举兴学校的新派，民国以后不算新派了，也不是完全旧派，大体上是中体西用派。他对子弟教育抓得很紧，按年辈一拨一拨地延请老师来家设塾教读，在他的密切监督下，读到小学毕业程度进中学，他心里有一定计划。于是我们家只要有子弟考中学，按成绩名次发榜录取时总是名列榜首，祖父在家乡乃以善于教子著名。他自己对桐城前辈当然尊崇，但从未叫我读桐城派文章，倒是经常赞美《大公报》社论文章，常常指定某篇叫我细读。

祖父一生未曾担任公职，晚年在桐城士绅中居于清流之首地位。每位新县长上任，对当地士绅做礼节性拜访，按照历来相沿的名单，首先总是来拜看祖父。有一年南京国民政府规定全国恢复祭孔，桐城祭典的主祭官是县长，陪祭官是祖父。但是祖父的名字从来不在另一个名单上，那是县政府的一个士绅当权派代表人物例会名单，性质类似县政府委员会或协商会议，凡有重要政令要推行时召开，起到咨询动员贯彻作用，士绅当权派通过这个例会参加和干预县政，派系间激烈斗争就在这个会议内外进行。祖父不仅不出现在这个会议上，而且除了回拜新县长外从来不出入公门。

祖父在家乡首先以书法家著名，城乡内外名山胜迹的摩崖刻石和题榜，无不出自他的大笔。求书者送来的宣纸卷，多半是条幅对联，一卷一卷地竖在我们大厅条案上一个大帽筒里，我们看惯了，每卷角上照例贴一张小红纸签条，写着"敬求法书，赐呼××"八个字，我们也看惯了。祖父高年无论寒冬盛暑，每天临池不辍，大概他自己觉得近来写得如意时，便拿出人家索书的卷子来写，否则可以搁置很久，乃至求者应者终于两忘也可能。

二〇〇六年

先祖凌寒公和他的《吟稿》

先祖凌寒公，名守敦（1865—1939），字常季，号槃君，室名凌寒亭，安徽省桐城县（现已改市）人。他遗下的《凌寒吟稿》两种手抄稿，先是由他的幼子即我的十叔父孝博先生保存，十叔后来交给我，我将两稿汇合写定为一，又后来二哥方新、七弟方瑞筹资，八弟方敏就近与出版社联系办理一切，（我无亲兄弟，本文所称兄弟都是堂兄弟。）历经凌寒公的儿孙两代五个人之手，终于出版，正是凌寒公逝世六十周年，凌寒公的孙儿孙女们同感欣慰。我们刻了一方"凌寒诸孙持赠"的章，盖在书上送人。图章是表弟刻的，凌寒公是他的外祖父，他也在"凌寒诸孙"之列。

凌寒公是书法家、诗人。关于他作为诗人的形象，曾经有这样一段描写——

　　现在我家里人惟一使我记念的就是我的祖父，初初，我相信你一见他准会欢喜他，那多长的胡须，就像一道无边的瀑布莽莽苍苍地向山下直流；他那一副慈祥的面孔，就会给任何人一种沉醉，马上引起你想到陆放翁、黄山谷、王渔洋一流人物，还有他那一片吟诗的声音，哦，初初，我就想不到有比那副调子更美更深更玄的音乐，（我一点儿也不夸大！）尤其是半夜里，你从第一个梦里醒来，你会听到不知从何处吹来的一片苍老的音调，深深的可是又极其宛转的，使每个诗句里套进无数的副调（minortune），又从这无数小副调子里引起这下句的音阶，初初，这时你就不知应该要给你的生命如何地放进这声音里去，你沉醉，你可又要清醒；你忧愁，你可又要愉快；你流泪，但是你的嘴角又要微笑；这时你的喜怒哀乐全失了主宰，每个情绪的成分都在你血管里跳动，你可也说不出你的快感，你就浴在这一片音乐里，你迷乱了，你分不清楚与醒的界限。

这是先兄方玮德（1908—1935）在一封情书里写的。他是凌寒公最钟爱的长孙，自幼在凌寒公直接监督下课读，桐城中学毕业后入中央大学英文系，为徐志摩、闻一多的高足弟子，与法律系同学陈梦家齐名并称为新月派诗人的后起之秀。大学毕业后数年，才二十七岁，在北平病逝，一时师友，同悼英才。家祭之日，凌寒公亲撰联语哭之云："才名风度早惊人，家运惨如斯，地隔天遥又旅榇。病榻梦魂弥忆我，尺书幸及见，心悲身苦可怜孙。"玮德大哥长我十四岁，我在他之后大约十年，也有幸日日聆听凌寒公的吟咏。那时我与五弟祚德（方言）同在家塾课读，每天夜课散学，必须到凌寒公书斋，叫他一声，稍待一会，再叫他一声出来，各自回房就寝，凌寒公往往没有什么话，只自读诗高吟。我们出来就寝，一路走，一路还听着他那苍深玄美的咏诗之声，回荡在更深夜静之中，我们真正沉醉了。玮德大哥的描写，确是毫不夸大。

凌寒公的吟咏，是他对诗歌艺术的审美体验的手段和表现，即与他自己的诗风诗境密切相关。《凌寒吟稿》录诸家评语，其中陈散原先生云："浑灏之气，真朴之体，高情寥韵，直追范陆。"胡渊如先生云："朴抱真怀，高情凄响，一意莽莽苍苍，扫去浮花浪蕊，独见枝叶。"金仲永先生题诗云："入谷秋声回万籁，出林霜月落千滩。"都可以与玮德大哥描写的声音之美相通。陈慎登先生评语，兼涉及凌寒公的书艺云："又工书，鸷骜苍硬，体兼分隶，亦如其诗之意。"现在《凌寒吟稿》有作者书艺的照片数帧，可以参看。

《凌寒吟稿》卷三（第80页）有一首诗，我最爱诵：

己未重九偕仲勉、光炯登迎江寺浮图，儿孙三人随侍

峻嶒孤塔镇横流，九日贤豪共胜游。
杖履尚堪凌绝顶，江山可惜是残秋。
乾坤清浊浑难问，南北风烟浩莫收。
万事从容付年少，危栏徙倚瞰方州。

此诗全首，特别是次联"杖履尚堪凌绝顶，江山可惜是残秋"，可以说是"莽莽苍苍，高情凄响"的最典型最集中的表现。己未是公历一九一九年，农历那年闰七月，重九已是公历十一月一

日，自然季节正是残秋，更重要的是双关了内忧外患极其严重的国家命运的残秋。高塔登临，极目所见的皖江皖山的实景，与心中念中祖国大好江山的意象，就这样叠合在肃杀凋零的残秋之中。但是，这里面并没有颓唐消沉。俯瞰着这一切的，不是寻常之辈。李德膏（字光炯），阮强（字仲勉）是清末以吴汝纶（字挚甫）为首以废科举兴学堂为主要内容的安徽省救亡启蒙运动的骨干，李光炯尤首屈一指。这个运动到民初继续发展；其积极分子之一的陈独秀，后来更成了全国性的新文化新文学运动的指导者。凌寒公也是追随吴挚甫先生之后从事兴学堂运动的，他以李光炯先生为平生第一至交。这三位以"贤豪"自许，丝毫不是自夸。那年凌寒公五十四岁，李光炯先生差不多，在当时来说都已是老人，阮仲勉先生更年长。三位老人尚能扶杖登临高塔之顶，老当益壮，不愧一个"豪"字。"峻嶒孤塔"，指安庆迎江寺振风塔，当地民间盛称它为"万塔之王"，说是每年某日，江中必有"万塔朝王"之影。这虽然是神话，塔也的确是高，矗立长江之滨，江行舟中数十里外便能望见，也确实有"镇横流"的气概。"横流"当然也双关世道。第七句中的"年少"，点到题中的"儿孙三人"，也双关整个的青年一代。那年五月四日，北京学生举行爱国大游行，掀起了全国性的以青年学生为主的救亡运动高潮，这在几位热心兴学育才的老前辈心目中，自然是重大事件。他们会把爱国救亡的希望，寄托在青年一代身上，即所谓"万事从容付年少"也。

后来一九三五年，北平学生又以"一二·九"运动掀起全国青年学生救亡运动高潮，凌寒公有诗云："万方学子哭声哀，正义难伸国祸来。"又云："英才气节聊堪慰，蜃雾昏朦未易开。"（《凌寒吟稿》第161页）他对学生爱国运动的支持是一贯的。他们将万事从容付与年少者，又不是自己就不闻不问，辛稼轩的名句云："休去倚危栏，斜阳正在烟柳断肠处。"凌寒公的结句"危栏徙倚瞰方州"直翻辛句，不是故作豪语，而是民国时期爱国知识分子与其南宋先辈的不同。

以上单举一首诗，其言意内外，相关相引，已如此丰富复杂，这里说上这么多话，尚未必说尽说透。这就足够证明，"每个诗句里套进无数的副调（minor tune），又从这无数的小副调子里引起这下句的音阶"，玮德大哥形容凌寒公咏诗之声的这些话，完全可以移用于咏诗者自己的诗。集中还有其他许多我爱诵的诗，特别是《游黄山诗》（第163页）那样的古风，更不是这篇小文中能够说尽说透的。

我在"文革"后期，也是文化部咸宁五七干校后期，一九七四年起，开始抄录编订《凌寒吟稿》。其时，干校的绝大部分人已先后调回北京，只剩下我们"一小撮"，已明确了是北京绝对不要的，在等待着"到祖国最需要的地方去"，实际上什么地方也不要，前途茫茫。几年来两三千人种出来的粮食，现在"一小撮"足够吃，劳动任务倒是变得很轻。原来六七个人挤一间宿舍，现在一人一间，还有许多闲房空闭。正是在这样的情况下，我悠然抄起先人遗集来。有人戚戚惶惶，不可终日，来问我怎么还有心思干这样的闲事。我说："你终日戚戚惶惶，反正也没有因此而走得掉，回得去；我同样走不掉，回不去，比你多做了一件事，又何乐而不为。"直白地说，我不过是聊以遣日，未免有些不敬，但的确分毫没有想到印出来的可能，实实在在地是为抄录而抄录，其时是先祖逝世后三十五年了。

后来我终于还是回到了北京，又后来粉碎了"四人帮"，情况有所松动，我才将清抄编订之本，复印了几份，分给有关的几处，仍以为正式出版是渺渺难期的。再后来，二哥方新、七弟方瑞有机会筹资，八弟方敏就近向黄山书社接洽联系，直到一九九九年由该社正式出版，又在我一九七四年开始抄录之后的二十五年，先祖逝世六十周年。书印得很好，校对、版式、封面、装帧各项，在今天，都堪称精品。责任编辑项纯文先生，装帧设计包云鸠先生，都付出了辛勤的高质量的劳动。特别是项纯文先生，此书出版过程的中途，他调离黄山书社，仍负责到底，加校至六次之多，他用五色笔批改的校样，八弟方敏亲见，甚深感动。项纯文先生也是桐城人，他的敬业精神里面，大概也掺和了对乡先辈的一份情意吧。

凌寒公儿孙之中，被打成"右派"的，有六人之多，前后经手《凌寒吟稿》之事的叔父孝博先生，七弟方瑞、八弟方敏和我，就都是的。二哥方新曾戏称我们是"右派之家"，他因此被批判为"恬不知耻地自称右派之家"，他在"文革"中是被打成"现行反革命"。先祖的遗集，恰是经这样几个儿孙之手而问世，是偶然，是必然，很难说。就拿叔父孝博先生来说，他从小端朴厚重，讷讷然如不出口，一九五七年消息传到家乡，亲友闻之愕然道："方孝博也成了'右派'，不可思议，不可思议。"然而，管你可不可思议，"右派"就是"右派"，谁也不会同你讨论必然偶然。现在当然都"改正"了，"平反"了，《凌寒吟稿》的出版，叔父却未及见了。他比玮德只大一岁，辈分是叔侄而实际上是同学同游的小伙伴，他也入中央大学，读物理系，与吴健雄同班毕业，以优异成绩留系任助教。抗战开始后有一段逃难流离，重返母校却到中文系教书，这是他深受家庭影响，不能忘情于中国古典文化的情结。新中国成立后院系调整，课程改革，中文系课程的古今比例大变，他才调到兰州，重新教起物理来。不久他又打成"右派"，虽然尚未发配边荒，仍在兰州几个高校教书，但以二十三年弃置身，自然谈不上学业的开拓发展。他的同班同学吴健雄，成了世界性的实验物理学的大师，他则以一位教"普通物理"的副教授终其身而已。如果他也能出国留学，一直在物理学领域钻研，成就会比吴健雄如何，这个假设没有什么意义。但是，他有一部《墨经中的数学和物理学》一九八三年在中国社会科学出版社出版，审阅者沈有鼎先生是给以很高评价的。叔父带着《凌寒吟稿》抄本经过抗战中的流离和新中国成立后的奔波，最终未及亲见其出版，自是遗憾。现在出版了，二哥方新已过八十，八弟方敏也届七十，我们这几个侄子，幸而尚能完成他的遗志。每一念及悠悠六十年的岁月，我常觉得这部书的出版近乎一宗奇迹似的。也正因此，它有一种超乎我们一家一族的意义，使我敢于写出这一篇芜乱文字，将《凌寒吟稿》奉介于一切能体会此意义的人。

二〇〇〇年三月十七日

先父方孝岳教授与其《大陆近代法律思想小史》

先父方孝岳教授（1897—1973），名时乔，字孝岳，以字行。安徽桐城人。一九一八年上海圣约翰大学毕业后，历任北京大学预科国文讲师，华北大学、东北师范大学、圣约翰大学、中山大学教授，在中山大学时间最长，前后三十多年。他在圣约翰大学似乎是读法律系，从一九二二年至一九二四年他到日本东京大学进修，也是进修法律。这本《大陆近代法律思想小史》的编译和他与钟建闳先生合译的英国梅因·亨利的《古代法》（商务印书馆1930年出版），是他在法学方面的两本论著。继此之后，他平生著作有——

《中国文学批评》世界书局《中国文学八论》之一，1934年5月出版；生活·读书·新知三联书店1986年12月新版

《中国散文概论》世界书局《中国文学八论》之一，1934年5月出版

《左传通论》商务印书馆1934年出版

《春秋三传学》商务印书馆1940年出版

《尚书今语》上海古籍出版社1958年2月出版

《汉语语音史概要》商务印书馆香港分馆1979年11月出版

《广韵研究》（与罗伟豪合著）中山大学出版社1988年8月出版

《广韵韵图》中华书局1988年1月出版

全是中国文史之学方面的，再也没有一本法学方面的。他毕生也没有从事过法学的教学，没有在任何司法立法机构工作过。他为什么学而没有时习之呢？为什么学而没有致用呢？是志趣的转移，还是各种机缘顺逆的凑迫驱使呢？可惜从来没有问过。

直到一九七二年，我才有机会向父亲问起他还有没有这本书。他淡然笑说，早已没有了。关于书本身，他没有谈什么，倒谈了一件逸事：当年，他为了编译此书，需要向北京大学图书馆借阅参考书，由陶孟和先生介绍去找李大钊先生。（陶孟和先生是此书上署名的校译者。李大钊先生是当时北京大学图书馆馆长。）他见过李大钊先生出来，走廊上遇着一位不相识的青年人，迎面而来，身材很高，穿一件蓝布长衫，似乎很有打招呼之意，终于也没有招呼就过去了。多年以后知道毛泽东在李大钊手下工作过的经历，计算时间正是那个时候，想起那个青年人很可能就是毛泽东，如果是的，也可以算得"失之交臂"吧。这件逸事使我想得很多。毛泽东向美国记者斯诺谈过：他在北京大学图书馆工作时，负责登记来阅览者的姓名，发现有些学生是已经在全国知名的青年作者，他们都没有时间同一个满口湖南方言的图书馆小职员多谈，云云。我相信，我父亲遇着的那个青年，很可能就是毛泽东。如果是他，以他那样愿得天下英俊而交结之的神态，如果受到对方的冷淡，这种记忆当然是刻骨铭心的。

话说回来，现在我对这本《大陆近代法律思想小史》，略翻大概，内容是完全陌生，不能赞一词。据法学专家说是这方面的最早的著译之一，一定有其历史价值。我只想说一说另外一点感想：父亲在圣约翰大学大概是读法律系，到日本进修法律，而后来毕生教学、研究的却是中国文史之学，这不是他一个人的偶然现象。中国古代的教育，在儒家思想指导下，学的是修身、齐家、治国、平天下的"内圣外王"之大道，所谓义理、考据、辞章之学都包含在这个大道之下，为这个大目标服务。此外一切社会科学自然科学，都被看作较低层次之学，甚至只是技艺末流，不配登大雅之堂。可是，从晚清起，大量留学生到国外求学，学的大都是往昔认为较低层次的甚至只是技艺末流之学。这是为什么呢？原来，空前的国家民族危机已经证明，过去教学的那一套远不足以救亡图存，而被认为较低层次之学，甚至只是技艺末流之学，有许多正是救亡图存的需要。这些学问，都是为了求社会进步的，可是，过于落后的社会又往往限制了它们的存在和发展。于是，异邦学成回来，中国的落后现实使所学的无所用之，终于只好仍然回过去讲求中国的文史之学，就成为并不罕见的现象。中国古代虽也有法家，后来也有"读书万卷不读律，致君尧舜知无术"之说，却没有近代意义上真正的法学。辛亥革命以来，号称民国，实际上没有建立起以保障公民个人权利为核心的立法司法体制。因此，近代意义上真正的法学，虽然大学和研究机构里也有了一席之地，而文化学术上的活动空间并不大。我自幼算是比较留意文坛学界情况的，各方面知名的作家学者我大概能数出一些，只有法学方面，除了常见于报纸广告的"大律师章士钊"而外，我能数出的就非常之少。我父亲学了法学而终于无所用之，是不是和这个大有关系呢？即如他编译的这本书，主要谈拿破仑法典，那个法典就是以保障公民个人权利为核心，不是同中国近代人权的现实状况天差地远吗？

我自幼便知道父亲有《大陆近代法律思想小史》这本著作，是得之于母亲。先母马君宛夫人（1898—1980），是桐城派最后一位代表作家马其昶（字通伯）先生（1855—1930）之女。我少年时代长随母亲在桐城故乡，父亲在外面教书，在家乡时间极少。祖居勺园的九间楼中，老屋青灯，母子夜话时，母亲经常向我絮絮深谈有关父亲的种种：父亲的才学，父亲的脾气，父亲的逸事，特别是他们共同生活几年间的若干片段，甘苦悲欢，无不谈得津津有味。她不止一次谈过，父亲编译这本《大陆近代法律思想小史》时，他们新婚不久，寓居上海，父亲躺在躺椅上手捧英文原书，口诵中译，母亲伏案疾书，记录下来。母亲谈话善于细节描写，每次谈起这个，描写得特别生动，使少年的我也充分体验到一种幸福感。母亲工书法，先祖方守敦（号槃君）先生（1865—1939）是书法家，就很赏识这个儿媳的书法。由她笔录的《大陆近代法律思想小史》原稿，一定精美可观吧。可是，我现在却有一点怀疑：母亲的字，是碑意十足的工楷，用毛笔写起来的速度，能跟得上口授吗？这么一部二十万字的稿子，能从头到尾出于她的笔录吗？是不是只录过其中某些部分呢？可惜也无从问询了。

二〇〇三年十月二十七日

方孝岳著《中国文学批评》

　　方孝岳教授著《中国文学批评》，一九三四年五月上海世界书局出版，为刘麟生教授主编的"中国文学丛书"八种（后改名《中国文学八论》）之一。我是出版当年或次年，还是一个十二三岁的孩子的时候，就反复读过的。因为作者就是我的父亲，读不懂也有兴趣读。后来他再也没有这方面的著作。解放以后，他的教学和研究完全转到音韵学方面了。一九七三年，我还同他谈过这本《中国文学批评》。我说此书绝版已久，我手边也没有了。他只淡淡地笑笑，说他更是早就没有了。那次谈话之后的十多天，他因脑血栓突然去世。我清理他的遗物，的确没有找到这本书。他没有想到，我也没有想到，在他逝世十二年之后，在《中国文学批评》出版五十年之后，此书居然有了重印的机会。

　　粉碎"四人帮"后不久，郑州梁平甫同志就将他珍藏的一本《中国文学批评》送给我。我感谢他的盛意，但并没有因此想到重印之类的事。我只想到仿佛有谁曾向我问过这本书，说是想研究方回的《瀛奎律髓》，而我父亲这本书是很推崇《瀛奎律髓》的。但究竟是谁说这话的，已经想不起来，只好算了。直到去年，毕奂午教授、程千帆教授、吾师王气中教授，差不多同一时候相继告诉我学术界需要重印此书，督促我应该促成重印的实现。特别是毕奂午教授详细告诉我，他青年时代从这本书受益极大，从此愿为我父亲的私淑弟子，尽管从未见过一次面，通过一次信，至今五十年后还能凭记忆说出全书的大要和精华所在。我为师友们的盛意所感动。我又接触到一件事：一位研究中国文学批评史很有成就的中年学者，评论新中国成立前出版的几本中国文学批评史，提到《中国文学批评》时，把我父亲的名字都弄错了，原来他一直没有见过这本书，只从别人文章称述中知道，是那文章先把我父亲的名字弄错的。正好我了解到三联书店的任务中有"文化积累"一项，我便把学术界的这些信息传递给三联书店编辑部，他们迅速做出反应，决定重印此书，事情就这样成了。

为了重印，我将全书校读一遍之后，解决了我多年没有弄清的一个问题：书名为什么不叫作《中国文学批评史》呢？我一直以为，它实在就是一本中国文学批评史，无非限于那一套《中国文学丛书》的"合之则为文学大纲，分之则为个别的文体专论"的旨趣，在书名上不标出"史"的字样罢了。这回才发现并非如此。书的导言明明说："我这本书，大致是以史的线索为经，以横推各家的意蕴为纬。"卷下第四十三节又说："本书的目的，是要从批评学方面，讨论各家的批评原理。"可见"史的线索"仅仅是一个线索，理论上的探讨才是此书的目的，而这个目的是达到了的。

全书三卷四十五节所论及的批评家（无主名的一部书也算一

家）只有五六十家，作为中国文学批评史这当然太少。但是，它本来不是追求史的全面，而只是选择最有影响最有特色的批评家来研究。书中第四十五节说："近代的文学批评，我们最应该注意的，就是那些标新立异的见解，其余的颠倒唐宋，翻复元明，都是'朝华已披'了。"别择之严，可见一斑。唯其如此，才能够集中力量于意蕴的推阐。第三十三节《〈瀛奎律髓〉所说的"高格"》和第四十二节《清初"清真雅正"的标准和方望溪的"义法论"》，是最长的两节，都在一万字以上。其次是第六节《孔门的诗教》，第三十五节《宋濂论"摹仿"和高棅的"别体制审音律"》，第三十五节《李东阳所谈的"格调"和前后七子所醉心的"才"》，第四十一节《王渔洋"取性情归之神韵"》，第四十三节《随园风月中的"性灵"》，都在五千字以上。这些都充分表现了"横推意蕴"的功夫，能把古代批评家言之未尽的东西，极力推阐，发挥无遗，而且用的是这一家自己的术语范畴，循的是这一家自己的门庭蹊径，不是拿着某种现成的模式框架，把古人剪裁了硬往里面填。也有几节很短，有一千字左右，这些往往是原来的材料就很少，但是很有影响，专门给他一节，这已经就是尽力推阐了。例如第八节《司马相如论赋家之心》，虽只一千字，但所讨论的司马相如之论，不过是《西京杂记》所记的几句话，五十字而已。又如第二十六节《晏殊对于富贵风趣的批评》，虽只一千五百字，但所讨论的晏殊之论，只见于《青箱杂记》的一条短短的笔记，和《归田录》的更短的一条，两条加起来也只有二百多字。

相反的情况是，材料很多，却并未全面加以推阐，只突出其中的某一点。例如《文心雕龙》之大，全面地推阐起来，可以写出比原书大几十倍的书，而本书第十七节《发挥"文德"之伟大是刘勰的大功》只有二千五百字。这里明明说："《文心雕龙》是文学批评界唯一的大法典了。""他的规模，真是大不可言。"可见丝毫没有小看的意思，其所以只拈出"文德"二字来，则是因为"'文德'之说，可以做他的总代表。其他的小美点，本也一时说不尽"的缘故。

本书各节的标题，差不多都是这样"立片言以居要"的。于扬雄，突出其"文章法度"。于《文赋》，突出其"文心的修养"。于《文选》，突出其"时义"。于《诗品》，突出其"单刀直入"。于韩愈，突出其"蓄道德而后能文章"。于西昆，突出其"寓意深妙，清峭感怆"。于《瀛奎律髓》，突出其"高格"。于宋濂，突出其"摹仿"论。于高棅，突出其"别体制审音律"。于王夫之，突出其"兴观群怨"。……所有这些，都是透彻了解其全部意蕴，才知道精要在何处，才敢于立片言以概括其千言万语，同样是推阐功夫的结果。

如上所述，这本书似乎只是一篇一篇单独的"批评家研究"，按时间先后排列为一集，同文学批评史毫无关系的了。似乎我先前认为它不过是书名上省去了一个"史"字，以及论者提到新中国成立前出版的中国文学批评史时常常把它包括在内，都是毫无根据的了。这又不然。通观全书，读者自然会有一种历史的连贯和发展之感。

例如，第七节指出：古代文学观念，重义不重文，这种文学观念后来时时回光返照。以下许多节里，经常举出事实证明这一点。

第七节结尾处即指出："三百篇"以后，骚赋代兴，丽靡的文辞，代替了简质的古诗，而扬雄、司马迁等还要拿简质的古诗做法，和"温柔敦厚"的诗教，来衡量后来的辞赋。第八节接着指出：尽管批评家牢守古义，文学家却不能不随着时代变化，开辟文学自己的领土，表现出美的价值。司马相如等赋家的努力，汉赋的价值，还是在于"极靡丽之辞"。第十节指出：古代把文学不看作独立的艺术，而看作有用的东西，看作道德和政治的附属品，以立言为立德立功的附庸，扬雄就是抱守这种"古义"的健将。第十七节又指出：王通的删诗，也是古义的回光返照，"我们要知道这种回光返照的势力，在我国文学潮流中，是不断地表演出来，差不多可以说是我国文学批评史的干线"。第二十二节指出：白居易高标"讽喻"，以"四始六义"为归宿，偶然作了违背"四始六义"的《长恨歌》《琵琶行》，反而见重于时，也因此见谤于人，同一作家身上，集中表现出一种矛盾运动的规律："文学批评时时回反古义，和文学本身时时要轶出古义之外，这两个轮子是在那儿平头并进的。"这就是通过对于各个时代的批评家的研究，对于各个时代文学批评和文学创作的关系的研究，揭示出贯串首尾的规律性的东西。

读者更深刻的印象，恐怕还是在于，本书经常指出，某一文学观念是某一批评家首先提出的，某一批评家的理论比他的前辈多了些什么，更新了什么，丰富了什么。例如，文学的自觉的问题上，第十节指出：古人并不把著书做文章当作了不得的事，更不是什么不朽的事。扬雄虽严守古义，但文学本身可以不朽这种不合古义的观念，却是首创于扬雄。桓谭进一步说，"文"的不朽性远胜于"道"。第十一节指出：王充又进一步，认为道德事功还要借文学而增重，世间一切没有比文学更重要，创作的天才高于笃实的学者。第十五节指出：萧统第一个把文学当作欣赏玩悦的对象，而不是道德事功上实用的东西。又如，文体流变问题上，第十二节指出：古人于文章分体，不拘形貌；曹丕《典论·论文》才开始据文章形貌，分为奏议、书论、铭诔、诗赋等类。第十五节指出：挚虞的《文章流别》区分文体，好像一切以最初的形体为标准，他的批评也多半是古而非今。任昉的《文章缘起》又只断自秦、汉以后，萧统的《文选》则是标出"时义"的原则，既知源头，又知流变，本末兼赅。又如，文学批评的适用范围上，第十七节指出：萧统《文选》不收经史诸子，而刘勰的《文心雕龙》深探经史诸子的立言条理，这就是后者超过前者的地方。又如，新的文学观念的提出，第十二节指出：曹丕说"诗赋欲丽"，大变古代批评的律令。第十八节指出：钟嵘《诗品》最大的贡献，在于指明诗是吟咏性情，又指明诗是生于各人的遭际，这是两个有根本意义的观念。又如，推前人已发之端，第二十七节指出：欧阳修尊韩愈而更进于韩愈，韩愈论文学谈格律，欧阳修则完全不谈文章技术，根本上就是以文章为末务。又如，补前人未到之处，第三十三节指出：江西诗派理论奠定于吕居仁，但吕居仁不曾讲到"格高"；方回才注意"格高"，颇与钟嵘《诗品》中的"风力"相当。又如，发前人未发之秘，第三十六节指出：严羽和高棅都说学诗者要能在古人诗面前，掩去作者姓名，猜出作者是谁，但不曾详细说明用什么方法猜。李东阳才说出是从"声音格调"上去猜；"格调"似有定法而亦无定法，这也就是严羽所说的玲珑透彻的"妙悟"。又如，文学楷模的树立，第三十七节指出：茅坤和归有光论文的宗旨是远尊司马迁而近爱欧阳修，这种态度影响很大，后来古文家都隐隐中奉此为归宿。又如，对盛唐诗风的认识上，第四十一节指出：自严羽以来，高棅、李东阳、明七子、钱谦益互相之间虽有分歧，论诗推尊盛唐则一，但是盛唐特点何在，他们都没有说出究竟的道理；只有王士禛才指出，盛唐的空前绝后，在于王维、孟浩然的清澄华妙，而不在于李白、杜甫，李杜是牢笼今古的大家，本不可以时代限。所有这些，给读者以这样一种发展的认识：每个批评家的出现，都给文学批评的总宝库中增加一份新的财富，同时也总还留下未竟之义，有待于后代批评家用更新的东西去补足，去更新；而后代的批评家，又总是从前辈已到达之点继续前进。

本书还注意批评家之间异同的比较。例如第十八节指出：《文心雕龙》体大思精，虽有针对当时的话，但不是单刀直入的说法；同时的钟嵘《诗品》，才是单刀直入，开唐宋以后论诗的风气。又如，第二十二节指出：唐元和中韩愈和白居易同时复古，但韩主涩，白主平易；韩是"文人心气上的复古"，白是"文学作用上的复古"，韩诗"雅颂铺叙之意多，而风人讽喻之意少"（见第二十二节），白之论诗"又似乎只知道国风，不知道雅颂"，他作诗却又并不严守自己的标准。又如，第三十六节指出：李东阳不高语唐以上，不主张摹拟；七子力攻东阳之软滑，高语秦汉，主张摹拟；但是论诗重"格调"，多注意于声容体制，少注意于神理意脉，则是从高棅、李东阳以至前后七子这些明代批评家所共同的。又如第三十七节指出：唐顺之和茅坤是同时同道的古文家，茅坤还时时称述顺之之言。但唐顺之《文编》所选录，自周至宋，包括诸子，不专于儒家；茅坤的《唐宋八大家文钞》，则不录唐以上文，又专以合于儒家宗旨为标准。这些异同的比较，又给读者以横向联系的认识。

　　文学批评史首先是文学批评本身的历史。中国历代文学批评家的理论观点之间的纵的和横的历史联系，是客观存在的。只要对于意蕴做了充分的推阐，就有可能把这些历史联系揭示出来，本书之所以不以史名而能使读者有读史之感的原因在此。这种史的性质当然还不完全，因为文学批评本身而外，还有文学创作、其他姊妹艺术、其他文化部门、其他意识形态、其他上层建筑等等复杂因素影响着它的历史发展，还有经济基础通过复杂的中介决定着它的历史发展。只有把文学批评本身的历史放在这一切复杂的联系中来考察，才是完全意义上的史。但是首先弄清楚文学批评本身的历史而不是用它的外部诸关系的历史来代替它本身的历史，总归是切实有益的。

　　这里当然还有一个问题不能回避：本书既是以推阐各家意蕴为主，那么推阐得怎样呢？科学不科学呢？本书出版于新中国成立前十五年，书中的观点方法显然不是马克思主义的，那么今天重印出来的意义何在呢？在这个问题上，主张此书重印的几位师友给了我很大启发。他们对此书有一个评价：此书不以材料胜，而以见解胜，以内行胜。我在这次校读中，深感这个评价的中肯。书中对《瀛奎律髓》的推崇，当然最是独创之见。此外，如以《左传》为诗本事之始；以"六义"中之"兴"为和平之音，欢愉之辞；为晏殊的富贵风趣论特立一节；对西昆派的好评；对李东阳的称许；对王士禛的"神韵"论的肯定：诸如此类，都不是其他同类论著中容易找到的。通观全书，每一论断都是从自己的心得中来，即使论点并非他人所无，体会和论证也是完全属于自己的，不是人云亦云的。至于内行，最主要的是研究文学批评而对于文学本身的内行。导言有云："至于我们现在把一个国家古今来的文学批评，拿来做整个的研究，其目的在于使人借这些批评而认识一国文学的真面。批评和文学本身是一贯的，看这一国文人所讲究所爱憎所推敲的是些什么，比较起来，就读这一国的文学作品，似乎容易认识一点。"文学批评是为文学本身服务的，文学批评史的研究也应该为文学史的研究服务，这一点可惜并不是文学批评史家们经常记住的。其实，根据"文学与批评一贯"的原则，也只有对一国文学本身是内行，然后对这一国的文学批评方能是内行。书中关于中国古典文学本身，常有精到之言。例如，第二十节论梁、陈文风之弊，不在艳丽，而在没有气势和风骨，唯有徐陵、庾信以清俊之气，下开初唐四杰；四杰只能清俊，陈子昂、张说始能高古雄浑，至李、杜、韩、柳而光焰万丈了。读者有了这个认识，再读杜甫的《戏为六绝句》，就能够掌握它的最主要的精神。又如，第二十五节说："知道西昆家以'寓意深妙，清峭感怆'为欣赏之点，就可以知道李义山所以能够走进老杜之藩篱的缘故。"自宋人诗话（《苕溪渔隐丛话》前集卷二十二引《蔡宽夫诗话》）记载王安石的话"唐人知学老杜而得其藩篱，惟义山一人而已"以来，论者对于李商隐和杜甫之间有怎样的继承关系，有各种评论。这里拈出"寓意深妙，清峭感怆"作为关键，读者拿这个观点去看李商隐诗中王安石最欣赏的"雪岭未归天外使，松州犹驻殿前军""永忆江湖归白发，欲回天地入扁舟"等句，便别有会心，而不致误入"杜套""杜样"。其他，如第三十节论欧阳修、王安石、梅圣俞、苏轼等人的诗风与黄庭坚诗风的异同；又如同节论黄庭坚诗风的冷艳芬芳，陈师道诗风的精巧在骨，都并不以粗硬为尚；又如第三十三节对方回所说"诗之精者为律"和"简斋学杜得髓"的解释，又如第三十四节论元好问的诗论和他自己的诗风……所有这些，既不是丢下文学批评史去谈文学，离了本题，也不是不懂文学而高谈文学批评史，隔靴搔痒。

所谓见解，所谓内行，原是分不开的。（当然，二者都必须是真的。）未有真见解不由真内行，未有真内行而无真见解。一个人的真见解，不一定都得到别的真内行的同意，但一定都会引起他们的认真有益的思索，绝不会说了等于没有说。这就是一切真见解可贵的地方。今天我们都承认马克思主义的科学指导，这个指导绝不能代替内行，绝不排斥个人的创见，而是最严格地要求内行，最大限度地发挥每个人的合乎科学的创见，总起来正足以成马克思主义指导下的学术繁荣之盛。否则，难道对于同一问题，一切马克思主义学者都只能得到同一结论吗？倘有不同就一概是马克思主义与非马克思主义之争吗？显然这些说法都是荒谬的。所以，马克思主义的科学指导，对于过去一切非马克思主义者的内行的有创见的研究成果，绝不排斥，而是欢迎，相信它们都包含着丰富的合理的内容，都是宝贵的遗产，后人只有义务继承，没有权利抛弃。至于他们的缺点和错误，当然不会少，但是加以分析（其实也就是最科学意义上的批判），得出教训，同样是有益的遗产。即如本书提倡圆融通达的批评眼光和批评标准，在审美欣赏上显然倾向于和平愉悦、雍容华贵之风，这在二十世纪三十年代的中国，和战斗的人民群众的心情相距很远，今天看来，却又未尝不是一种境界、一种欣赏，这里就有值得深入分析的问题。

由于师友的指点，我想清了这些问题之后，便趁着交代重印缘起的机会把这些感想附记下来放在书前，也许对读者有些帮助。原有刘麟生先生的一篇跋，我父亲生前有一次谈起过，现在遵照他的意思删去。

我父亲写成这本书的时候，才三十六岁；现在将这本书交付重印，我已经六十三岁了。我自问：如果我现在来研究中国文学批评，马克思主义的范畴和原则我会多多引用，但是我有多少由真内行而来的真见解呢？仔细思寻，比这本书就差远了。我的浅陋空疏，主要是由于自己不努力，但是时代不同，生活道路不同，使我们这一代人要在学业上有些成就，非比他们那一代人多付出几倍十几倍的努力不可，客观条件的限制也是不能不承认的。在这个意义上，也可以说，像这样的书，今后永远不会再有了吧！这一点意思，我特别希望得到读者的了解。

一九八五年五月四日

《中国文学批评》和《中国散文概论》

先父方孝岳教授的《中国文学批评》，七十二年之间三次问世：第一次，一九三四年五月上海世界书局初版；第二次，一九八六年十二月北京三联书店重印；现在二○○六年第三次，三联本又要出新版。第一次与第二次相距五十二年，第二次与第三次相距二十年，这七十二年的历史，证明此书是在学术名著之列。

先父一九七三年逝世，还是风雨如晦之时，这部著作他自己早已没有存本，他断没有想到身后三十多年间，此书还会一再问世。他著此书时三十六岁，我将此书交付三联书店重印时六十三岁，也没有想到能够活到八十四岁，及见三联本又出新版。

我十二岁初读此书，刚进初中。此书就成为我的中国古典文学方面的入门书，并且终身受益。读了此书，我才有了一个中国文学史和中国文学批评史的大概轮廓，把原有一些零散知识框起来，后来增益的大体仍然在这个框架之内。故友诗人陈迩冬先生曾说，他年轻时泛览所及，最受益的是钱基博的《现代中国文学史》和这部《中国文学批评》，他有诗云："文学批评史，先生早启予。服膺卅载久，胜读十年书。"（《追诔方孝岳先生并题其〈棔樬集〉遗稿》二律第二首）可见此书对于他也起了入门引导和终身受益的作用。

我青少年时期，先后读到朱自清的《经典常谈》，梁启超的《先秦政治思想史》，顾颉刚的《汉代学术史略》，梁启超的《清代学术概论》，都得之于偶然，都成了我的入门书，并且终身受益。它们都不过十来万字乃至几万字的小书，连同这部《中国文学批评》，可以证明并不一定要大部头的著作才能够入学术名著之列，而学术名著可以同时是入门书。这似乎颇值得今天的学人深思。

关于《中国文学批评》的内容要点，我在三联本的《重印缘起》里面已经介绍过。这里可以补充一说的是，全书力求客观推阐各派各家批评理论的意蕴，但作者自己自有一定审美趋向，最突出的表现是第二十六节《晏殊对于富贵风趣的批评》。晏殊不是文学批评家，其关于富贵风趣之论，并不见于他自己的文字，只见于吴处厚的《青箱杂记》和欧阳修的《归田录》各一条笔记的转述，加起来不过二百多字，别的中国文学批评史里面不会提到，《中国文学批评》乃为之设立专节，写了一千五百字来讨论。为什么这样重视呢？就因为晏殊看不起那些写富贵只会堆金砌玉的恶俗诗句，如李庆孙《富贵曲》的"轴装曲谱金书字，树记花名玉篆牌"之类，认为"此乃乞儿像，未尝谙富贵者"。晏殊自己有"楼台侧畔杨花过，帘幕中间燕子飞""梨花院落溶溶月，柳絮池塘淡淡风"等诗句，他很自诩善言富贵气象，自赞曰："穷儿家有这景致也无？"《中国文学批评》更加赞美道："晏殊自己那几句诗，能超然物外，自然有一种清华高贵的样子，绝不是穷苦怨叹的胸怀所能发出，这才是真正的和平富贵之音。"值得注意的是，晏殊谈的本来是怎样写富贵诗的问题，并不是写富贵还是写穷苦的问题。他主张以清华高贵的胸怀来写富贵，不要以"乞儿像"来写富贵。他鄙弃的"乞儿像"，专指以艳羡或炫耀的胸怀对待富贵之像，并不包括以"穷苦怨叹的胸怀"对待富贵之像。如果以"穷苦怨叹的胸怀"对待富贵，也许是仇视，是忌妒，是故作清高，贫贱骄人，这些都可能为晏殊所不喜，但并不包括在他所鄙弃的"乞儿像"富贵诗之内。他说"穷儿家"没有他的诗句中写出的富贵"景致"，一是现在还穷之家，二是暴发户而未脱穷儿心态之家，所着重的"景致"就是"气象"。现在还穷之家自然无此"景致"，暴发户领略不到"景致"的"气象"，有等于无。至于真正穷苦者可不可以写"穷苦怨叹"之诗，该怎样写，他没有明显说到；真正穷苦者对待富贵，如果视若无睹，安贫乐道，是否值得赞美，他更没有说到。《中国文学批评》乃加以推阐，把晏殊之论的对立面推广到一切"穷苦怨叹的胸怀"的诗，指责郊寒岛瘦之诗"刻画穷况，未免太过"，这就突出表明了作者自己的审美趋向了。此外，如论司空图，强调他"以盛唐为宗，不数中晚唐"：论西昆家，强调其"寓意深妙，清峭感怆"；论江西派，强调其"流转如弹丸"的"活法"：都别具眼目，不同一般，贯串其中的都是他自己崇尚"和平富贵""清华高贵"的审美趋向。

一九六二年，我曾作了《夏夜纳凉》一律云：

止水禅心上下潮，碧天凉梦共逍遥。

藤床竹枕蚊初聚，剩果残瓜鼠正嚣。

短夜歌吟尊衮冕，中年哀乐在箪瓢。

千家鼾息成人籁，自隔星河辨斗勺。

寄给父亲请教。他回信指出我这首诗做到了"回肠荡气"，但还是中晚唐境界，希望我能够"回中晚而为初盛"。我立刻想起他论晏殊的富贵风趣，可见他的审美趋向仍然保持如故。

父亲平生作诗从不存稿，我细想我所知道的，有没有能体现他自己这个审美趋向的呢。却不容易找到。就拿他晚年最见功力的两首来看——

五十自寿

一九四六年

为惜流光重此辰，高秋黄菊一时新。

无边风雨成孤啸，何处江山结比邻。

老去心情云赴壑，鬓边消息火传薪。

唯余片石罗浮在，清供窗前作主宾。

已经是无边风雨中的孤啸，不怎么清华高贵。

六十自寿

一九五六年

西风又作撼窗鸣，尚着残蝉向晚晴。

时节不随人意尽，黄花空笑白头盈。

髯鬟自写襁褓态，邂逅谁为昔昔行。

剩有宵来邻笛感，放怀同办酒杯倾。

撼窗西风之中，一只残蝉断续嘶鸣，更是凄厉之声。末了竟要在
"山阳邻笛"声中倾杯放怀，简直是黑色幽默，哪里有一点自寿
的欢乐？到了应该七十自寿的一九六六年农历九月，"文化大革
命""横扫"之下，一只残蝉的嘶鸣也不可能了。

　　看来，谈文学批评而自己坚持一个审美趋向，是一回事；自己
写作实践能不能体现自己的审美趋向，又是一回事。前者决定于主
体，后者决定于时代。哪个力量更大？难言之矣。此书第三次问
世，作者自己的审美趋向，会不会与今天举国主流正在高唱的某种
声音有巧合之处呢？善读者当自有别择，而且不忘时代的制约终究
是难于逾越的。

　　《中国文学批评》一九三四年五月上海世界书局出版时，是
刘麟生教授主编的"中国文学丛书"八种（后改名《中国文学八
论》）之一。同此一套书中还有先父的《中国散文概论》一种，
一九八六年十二月北京三联书店重印《中国文学批评》时没有找
到，没有同时重印。现在找到了，故同时印出。《中国散文概论》
部头很小，新义不少，例如把中国散文分属儒家之文、名家之文、
纵横家之文等等，做了系统阐发，就颇有独创性。这里不必详细介
绍了。

　　　　　　　　　　　　　二〇〇六年三月二十二日，舒芜记

母亲，一个平凡女性的尊严

母亲教我尊重女性，不是言教是身教。她是不幸的女性，平凡的女性，可是女性的尊严在她身上闪闪发光。我是她唯一的儿子，完全在她的这道光的照耀煦育下成长，不可能不尊重女性。

母亲是桐城书香名门闺秀，写得一笔方形圆意、隶味十足的小楷，会弹七弦琴，认识琴谱上那种稀奇古怪的字；照片很像谢冰心，出生年龄也差不多，也进过新学堂，可不是新女性，不是自由恋爱结婚，而是自幼许配累代世交之家一个神童美男子。两家同在桐城县城，婚礼却在北京，完全新式：新郎燕尾服，新娘白婚纱，来宾中有著名新派学人陈独秀、胡适，而女方家长是老派学人，不愿与他们相见，拒绝出席婚礼，婚礼当然还是热热闹闹举行。人们满以为这门当户对的一对，应该是美满姻缘，不料没几年，仍然在北京，就发生了婚变，来了另一个女人。母亲从此成为弃妇，名分上仍然是原配夫人，度过了从二十几岁到八十二岁的一生。

父母亲婚变之时，我还是婴孩，什么都不知道。以后几年，他们都还在北京，分为两个家庭：母亲带着我仍然住在原宅；父亲他

方孝岳、马君宛结婚照

们搬到一个公寓去住。母亲曾带我去公寓看望他们，三个大人谈谈说说，我在一边玩，一起吃了午饭，我们母子回去，像走了一趟亲戚。我始终高高兴兴，丝毫不觉得有什么奇怪。

我七八岁、母亲三十一二岁的时候，母亲带我回到桐城，住到夫家，在以公婆为首几房合住的大家庭里做一房儿媳。父亲他们继续留在北京，过些时又移家到广州去了。单就我母子这一房说，我事实上是在单亲家庭中成长的，但一点没有感到缺憾，不是我特别麻木，全是母亲的身教言教的良好效果。

桐城五大家，张姚马左方，结成复杂的姻亲网络。母亲娘家马家，她的父亲（我的外祖父）马其昶（1855—1930），是桐城派文家在《辞海》上有专条的最后一人。母亲嫁到的我们这个方家虽是小方，不是五大家中那个大方，同姓不同宗，但也是后起的书香之家。母亲就以马家姑太太、方家夫人的身份，周旋来往于这个姻亲网络之中，很受到尊重。记得有个亲戚家嫁女儿，特别请了我母亲替他们主持操办，专程到上海、苏州采买嫁妆，办来的嫁妆受到大家啧啧赞美，佩服采买者的眼光。逢年过节婚丧庆吊之日，母亲去人家应酬，我要上学，她很少带我去，偶然带了我去，常见她在麻将桌上手挥目送，谈笑风生，尤其善于"告牌状"，就是一面洗牌砌牌，一面诉说：刚才起手什么，想做什么，来了什么，打出什么，吃了什么，碰了什么，哪张打对了，哪张吃错了……原原本本，复述总结一遍。她神采飞扬地说，别人饶有兴趣地听。但是她不认为打麻将是好事，绝对禁止我靠近牌桌，怕我学会。我还是后来二十多岁入了社会才学会的，技术水平比母亲差太远了。

每当我放夜学回来，老屋青灯之下，准备就寝之时，也是我们母子娓娓倾谈之时。母亲谈话最善于描写细节，引人入胜。她谈得最多的，是父亲如何才高学博，到处受人尊重。那仅有的几年中她与父亲共同度过的幸福生活，也是她经常谈论的话题；父亲编译过一本《大陆近代法律思想小史》，这本书中也有着母亲的劳动。那时，父亲躺在躺椅上，手捧英文书，口授中文翻译，母亲坐在桌边笔录，得努力跟上念的速度，唯恐听不清楚多问了，惹得父亲发脾气。说到父亲的脾气，母亲总是微笑着摇摇头说："唉，脾气真坏。"连他们的吵架闹离婚，母亲叙述起来都是津津有味。有一次吵到半夜，父亲要到法院去离婚，母亲说："离就离，总要等到天亮吧。"父亲说："不，现在就去。"母亲又是微笑着摇摇头说："唉，就是这样的脾气！"还有一次晚上吵架，父亲把母亲关在门外不让进来，母亲在门外小声说："有什么事让我进去说，邻居看见像什么样子……"父亲就是不开门。母亲焦急地继续小声说着种种开门的理由，忽然间，父亲一下就把门打开了。"他说我有一句话说得很聪明，就让我进去了。"我问：说了什么聪明话呢？"我说了那么多话，哪里晓得他说的是哪句话？"还有一次，夏天晚饭后，父亲提议到公园去散步乘凉，要坐两站电车。母亲上了车，不知道怎么父亲没上去，跟着车跑了一站。"这可不得了！到了公园，也不和我说话，一个人往前冲，我又穿不惯高跟鞋，拼命地跟。看到他在前面了，他又跑。一个晚上，你追我赶，满身大汗，还乘什么凉！"我问：不是他自己没得上车吗？母亲笑着说："哪个还跟他讲这些，那不是又要惹得他更生气了。"我听着这一个个开心的小故事，也跟着开心。母亲晚年还常常将这些小故事讲给我的女儿们听，真是"祖母的故事"了，孙女们一样听得津津有味。朱古微词句云："身后牛衣怨亦恩。"有人不懂，怨怎么成了恩。我自以为能够懂得。

桐城老家我们母子住的三间屋，一间作为客房，陈设着一套三件的沙发，围着一个圆茶几，当时桐城几大家中都还没有这样新家具，母亲绝对禁止我坐，她自己不坐，也从不见客人坐。墙上挂着什么人送的贺新婚的对联："钓竿欲拂珊瑚树，海燕双栖玳瑁梁。"旁边挂着一张古琴。原来这一套是他们新婚家庭的陈设，母亲既然这样珍重地漂洋过海千里迢迢地全套搬运回来，不让人坐自是当然的了。

对于父亲的另娶，母亲没有责备过一句，只有一次顺便涉及说："那是他昏了头的时候。"根本上还是原谅。母亲不止一次对人说："我不能因为我，离间他们父子的感情。"母亲经常督促我给父亲写信，至少每月一封请安信。父亲也不是完全不负经济责任，每月汇给我们二三十元，大家庭吃饭吃公堂的，二三十元做零用，那时倒不是小数目。父亲给我的信，母亲都仔细看过，我都呈送祖父看，祖父以书法家眼光，总是对父亲的书法赞不绝口，嘱咐我务必贴存下来，好好学习。（附带说一下，书法家祖父对我母亲的书法也非常赞赏，多次将需要录副珍藏的文籍，派这个儿媳精抄。）从家人亲戚们口中，经常反复听到对父亲才学的赞美，证明母亲的赞美不是偏私之言。我的小伙伴们的父亲多在家中，我的父亲不在，我不感到缺憾，反而骄傲，觉得我的父亲最有才学，在外面当教授，还著了《中国文学批评》这样的书寄回来给我，岂是别人赶得上的。

父母亲婚变时候，母亲的心情究竟怎样呢？她从来没有透露过。仅有一次，她对我说："一天，奶妈抱着你在下房里，我一个人正要把两个手指插进电插销，忽然听到你一声哭，我又放下了。"仅仅这么一次，还是轻描淡写，闲话别人故事的口气。我们卧房后院有两株芭蕉，一个雨夜，听着雨打芭蕉声音，母亲似乎随便地说："'隔个窗儿滴到明'，恐怕就是这个样子。"说过就过了，我却觉得好像窥见了一点什么。

我大约十岁时，母亲就常常把我当作朋友似的谈心。她告诉我，她还没有出嫁时，同县有个姓黄的青年人追求她，寄来几首情诗，念了诗给我听。我记得一首："沪树桐云两渺茫，相思几度断人肠。恨无紫燕双飞翼，难入深闺傍画梁。"当时我就觉得很平庸，没有说什么。还有两句："繁华过眼皆如梦，死死生生总为卿。"母亲一面念，一面调侃道："死死生生哩！不晓得他有几条命！"我们一起笑起来。

堂兄方玮德，比我母亲只小十岁，读中央大学时就以新月派诗人后起之秀著名，与他齐名的是同学陈梦家。方玮德不知道怎样介绍了陈梦家与我母亲通信。陈梦家寄来一本《圣经》，上面题道："君宛女士病中伴读梦家二十年深秋寄自秣陵之蓝庄"。民国二十年就是一九三一年。他还寄来他的一张照片，题赠给我说："送给小珪。"其实当然不是送我。母亲与他通信中，不知道怎么谈起了梁实秋翻译的《潘彼得》。陈梦家来信说："希望不要重铸文黛的错误。"母亲把她的回信给我看，信中写道："可惜文黛的错误早已铸成。"还征求我的意见："这样写行不行？"母亲那年还是三十三四岁的盛年，我最多不过十岁吧。三十多年后，一九五六年"百花齐放"之时，早已成为考古名家的陈梦家重返文艺界参加活动，与我初次相识，到我宿舍来看望，问我："你就是马君宛的儿子吗？"言下颇有慨然之意。可惜那天母亲不在家。方玮德早在抗战前逝世了。

母亲督促我读书，毫不放松。她还注重我的课外读物，选择非常贤明：《小朋友》《儿童世界》《中学生》这三个好刊物，她按照不同年龄段，从北京到桐城一直给我订阅未断，每期我都如饥似渴地读过。《木偶奇遇记》《阿丽思漫游奇境记》《潘彼得》《爱的教育》《续爱的教育》《小妇人》《好妻子》《好男儿》《稻草人》《小雨点》《风先生和雨太太》这些著名少年儿童读物，都是母亲陆续购买来供我读的。当年小伙伴里，没有像我一样读过这些刊物书籍的，后来的道路就和我大为不同。

这些都是我儿童和少年时期的事。我刚进高中，抗战爆发，母亲携带我逃难后方，奔走流离，辛苦备尝，且不多说。直到一九五七年我被打成右派，她知道时，第一个反应竟然是说："吃亏在你身边没有一个好爸爸！"当时我只觉得她这话太那个了，简直无从说起。"文化大革命"中，我和父亲见面谈起一九五七年的事，父亲说："你们就是太相信了，我就不信。中山大学开座谈会，陶铸来动员鸣放，话说得恳切无比，我一言不发。别人暗地催我谈谈我评级太不公平的问题，他们发言，把话往我这里引，我还是一言不发。哪里像你们把事情全当真？"回忆母亲的话，的确有她的道理，尽管当时如果听到父亲的警告我也不会信。

今年我已经八十三岁，回想我成年之后，没有给母亲带来多少欢乐，她跟着我一直是穷困艰难的日子居多。我得到"右派"改正之后，生活逐渐稍有改善，母亲却没有享受到。她最爱看电影，我在她逝世之后才有能力买电视机。看电视剧时，一想到母亲如果能看会怎样高兴，就感到心酸。唯一可以告慰于她的，现在只有对女性的尊重老而弥笃这一点。一位女作家说，离婚的女性，最不要成为怨妇的形象。我不知道她意想中是不是要取女强人的形象。我以为，我的母亲才是弃妇而绝非怨妇，正因为不是怨妇才受到尊重，保持了女性的尊严，也绝非女强人，而是温润圆和、柔中有刚的形象。她对爱情婚姻的绝对信仰，使我怀疑包办婚姻是不是绝对不可能产生爱情。她不仅是我的慈母，我那不同母的两个妹妹，她们的生身之母后来别嫁了，她们全把我的母亲看作慈母，当面背后，甚至几十年后追述，总是娘啊娘的叫得特亲。一个平凡女性身上，女性的尊严能够体现到如此高度，可见女性是应该受到尊重的，一切歧视女性的观念都是绝对要不得的。也许先入为主之故吧，尽管我也听到看到过女性的恶劣、低贱、愚蠢……仍然坚信女性应该得到最大的尊重。我只能以此告慰母亲在天之灵。

末了，应该将父亲母亲的略历正式开具一下——

先父方孝岳教授（1897—1973），名时乔，字孝岳，以字行。一九一八年上海圣约翰大学毕业后，历任北京大学预科国文讲师、华北大学、东北师范大学、圣约翰大学、中山大学教授，在中山大学时间最长，前后三十多年。主要著作有《中国文学批评》《中国散文概论》《左传通论》《春秋三传学》《尚书今语》《汉语语音史概要》等。

母马君宛夫人（1898—1980），安徽桐城人，别的上面都说过了。

二○○五年二月二十八日，舒芜在北京

白色的飘飏

——大哥方玮德

死，是这么实在，可又这么空无，是这么不容怀疑，可又这么不可思议，我第一次面对亲人死亡的时候，这样沉痛地感觉到了。那是一九三五年，我十三岁，住在安徽桐城老家，大哥方玮德以二十七岁的华年在北平病逝，噩耗传来，亲朋震动。我知道，我亲爱的大哥是死了，这件事确实发生了，我千万次希望它不曾发生，希望它可以改变，一点用也没有，它就是发生了，永远无可改变了，它的实实在在，为什么到了如此残酷的程度呢？可是，这件实实在在的事，却又是一个空无。一个人，忽然就没有了，而这世界还在，天地玄黄，寒来暑往，一切还是照常，那么多的人，仍然走着动着说着笑着，其中一个人，怎么忽然就没有了呢？他到哪里去了呢？这个确确实实的事实，为什么又是这么空无，这么荒诞，这么不可思议呢？这些念头绞得我心里发痛，我便从我家院墙上那个小窗，遥望六尺巷口，仿佛那里还有大哥的白长衫后幅的一角在那么一飘，那是大哥留给我的最后一瞥。大约是一九三二年他在南京中央大学毕业，暑假回家探亲完毕，再去南京，临行时家中好些人

方玮德

相送，我渴望参加送行的行列，但是小孩没有这个资格，只能站在大门口，望着他们那一行人直穿广场，转过六尺巷去，大哥走在最后一个，身子已转入巷口，白夏布长衫后幅的一角还那么一飘，于是我牢牢记住了这一瞥。以后他没有回来过，只听说他到厦门集美学校教书，听说他到了北平，听说他与黎宪初女士订了婚，听说他生病住医院，我还看过黎宪初女士报告大哥病情的长信，是写给祖父的，信上已经称呼"祖父大人"，不久便传来了噩耗。大哥在厦门照的一些照片我也见过，也喜欢看，可是心里总暗暗觉得还是我亲眼所见的那白长衫后幅的一角的一飘更为珍贵。每当我悼念大哥，心里绞得发痛的大无可如何之日，我便遥望六尺巷口，追寻那白色的一瞥的记忆，凭这一瞥，也算战胜了死亡之残酷的、荒诞的空无。

　　大哥是堂哥，是大伯父的儿子。我们从祖父以下，基本上聚族而居，同祖父的堂兄弟十人统一排行。玮德是老大，我是老三，相距似不远，可是他比我大十四岁。一九三二年他大学毕业，我才十岁，还在家塾里读书，再过两年我才进初中。他读大学时，每年暑假（是否年年不漏也难说）回桐城，我以一个不满十岁的家塾学童，无限崇拜无限景仰地看待这位大哥哥。他对我这么一个小弟弟，也许会觉得还不太笨，此外大概没有多少印象。我对这位大哥，接触有限，却知道他许多事情。我早就注意到，他是家人亲友引为骄傲的青年。我经常听到家人亲友叙说他，评论他，怀念他，我注意听着，吸收着，积累着。我知道他才华出众，经常作一种"新诗"，与我所读的《唐诗三百首》不同，是用白话写的，在南京、上海、北平的著名报刊上发表。我知道他风度出众，为朋辈所倾倒，被女孩子们注意。我亲耳听见亲戚家几位美丽的大姐姐在一起评论人物（她们以为我一个不满十岁的小男孩不懂什么，不必避开我），一位说："方玮德是最好的情人，最坏的丈夫。"虽说是最坏的丈夫，可是说的口气仍然很欣赏这个"最坏"。在场的几位姐姐一致欣然同意。大哥曾自己夸口说，中央大学某次同乐会上演《苏三起解》，他扮苏三，一出台，听到台下女同学们一阵风似的纷纷传告："方玮德。方玮德。"我想起亲耳听过的美丽的大姐姐们的话，相信大哥说的是真的。大哥的新诗，我尽量找来读过，当时不怎么懂，影响却很深远，后面再说；而当时大哥最吸引我的，还是他的风度、神采、谈吐，是他整个的人。

大哥逝世以后，许多人写过悼念文章，差不多全都说到过大哥的整个人的美。闻一多先生引唐人诗句称赞道："几度见诗诗尽好，及观标格过于诗。"吴宓先生的挽诗道："爱美由天性，风华映玉堂。"标格，风华，都是说他整个风度之美。还有人描写他"高高的身材，秀逸的风度"（高植），有人描写他"长身玉立，很飘逸地一直走上楼"（方琦德），都是他的形象的特点。说得最深最细的是我们的九姑方令孺，这里我想多抄引一点她在《悼玮德》一文中说过的话。她说："玮德那可爱的人格，若大家能多知道他些，我相信人人都要惋惜。玮德有的是一个美丽纯洁的灵魂。"她又说："玮德多么似一潭清水的温柔，光明照彻人心呢！"她又说："玮德的信心是人所难得的。忠恳，崇之如神明，是玮德对他朋友的态度，（这许竟是"傻"，是"糊涂"，但这可爱的傻，可爱的糊涂，除了在他那一颗纯洁的心里求，在哪儿呢？）友朋取与之际他也并不是全无所忤；鄙，浊，蠢，几种人类不可免的恶性是他最恨的。然而在另一观点上说，他却又是个最会从丑陋里求美，现实里求理想的人。不是人家常说玮德喜欢'Tell beautiful lies'吗？beautiful lies这批评也够美了，不管说者是否含些幽默意味。给一个不能从现实里看见幻象，平庸里挑出精华来的人，听到一些意外语言，当然要视为谎话。谁相信William Blake说他小时常看见空中有各种仙子的形色呢？不管他把幻象放入诗画里有多么神妙，艺术家见之固能会心，而常人看起来也要讲他说美丽的谎。玮德的谎，就是他爱把极平常的事情，说得如七宝庄严，灿烂悦目；把浮薄的人情，渲染得如清水芙蕖，澄静清密；有时他高兴，对于一种行为和动作，能描摹入神，滑稽可笑。他是说美丽的谎吗？他是不是能见到人所不能见到的，体会人所不能体会的呢？"她又说："玮德生前不管走到哪儿，都会有人欢喜，这欢喜不是没有理由的。因为他能够给人一种生气，因为他自己就永远富于生气。在一些很美丽的日子里，为了一株树一片石头向山野里跋涉，不避夜寒，不辞辛苦前往，一个最好的伴侣便是玮德。玮德对于自然也像他对于诗歌一样，具有深深的领会的兴味。他喜欢戏剧，他对英国文学有特殊的爱好。（他本想写一部英国诗人小史，惜未完成。）他无论对山川人物，或所读诗歌，都能用很多的妙句吐出他心中的感觉。"

　　九姑把玮德大哥分析得这么细致，形容得这么生动，我一个十来岁的孩子当然无此能力，但是我回想同大哥实际接触的直接感受，全能同九姑的话相印证。特别是，我最爱听大哥的谈话，的的确确是"把极平常的事情，说得如七宝庄严，灿烂悦目"，我多少次旁听他这样同大人谈话，他也这样同我们小孩谈话，一点不摆架子。从小孩听来，毫不想到他这是不是"美丽的谎话"，只是如饥似渴地听，因为说的是诗人，而听的——忘记谁说过，每个儿童都是一个诗人。

关于大哥的神情风采，黎宪初女士的《哭玮德》里形容得更具体。她说："我见你只两次，你在我心里便长上根，你最讨人欢喜的是你那副可爱的神情与那点在别人身上决不易寻到的趣味；你谈吐时风采极好，从你嘴里说出来的，无论是谎是真，总是美丽动听。"大哥的谈话吸引我的，的确除了内容的美丽而外，还有说话时的神情的秀逸，风采的高华，令人心醉，尽管我不会喝酒，但我相信古人所谓"对之如饮醇醪"的就是大哥这样的人。黎宪初女士还形容大哥病重的时候，"竟长得面目姣好如一处子，鼻嘴处形成一种天然的秀丽，妩媚的风度，一身洁净，一尘不染。（天，原来这不是些好现象！）九姑当时也讲你病得如此地步，你的面貌依然艳丽得从未见过，还闪耀着圣洁的光彩"。这些我未能目见，仍可以想象得之，相信她说的全是实际情形，并不是"情人眼里"看出来的。

我失去这样一位大哥，特别觉得剜心似的痛楚的，就是他的言谈、风度、神采……从此归于空无，我分明记得这一切，可是我隐隐觉得没有见过他的人谁都想象不出这一切，尽管他有诗篇还存在，怎能抵得过那么美好的整个活生生的人？他的新诗，我读过不少，虽不太懂，有些也还喜欢。我能背的句子有：

八月的天掉下一些忧伤，

雁子的翅膀停落在沙港。（《秋夜荡歌》）

满天刮起一团风暴，

电火在林子里奔跑，

这不是风声，谁在叫。（《风暴》）

星子不作声，

这一夜，

露水落在我的脸上。

水不答我话，

这一夜，

沉默落在我的心上。（《微弱》）

有一次，大哥叫我："小管，你听，我这两句诗多好：'河里有船，船上有灯光。'"

我大笑起来，说："这有什么！'河里有船，船上有灯光'我也会说！"我以为大哥又在同我开玩笑了。

他笑了笑，没有再谈这个话题。我事后却找出他这首诗：

幽子

每到夜晚我躺在床上，

一道天河在梦里流过，

河里有船，船上有灯光，

我向船夫呼唤，

"快摇幽子渡河。"

天亮我睁开两只眼睛，

太阳早爬起比树顶高，

老狄打开门催我起身，

我向自己发笑：

"幽子不来也好。"

　　我把这首诗读到能背诵了，慢慢地也领略到"河里有船，船上有灯光"的味道，觉得很神奇：这里没有一个字的形容描写，为什么这样生动？还真难以换个任何别的写法！后来读到李白的诗："沙墩至梁苑，二十五长亭；大舸夹双橹，中流鹅鹳鸣。"（《淮阴书怀寄王宋城》）也觉得他纯用白描，而能神奇至此，大哥的"河里有船，船上有灯光"显然是这一路的。

　　大哥的确很喜欢李白。有一次，他问我读过李白的《将进酒》没有，我那时虽在家塾里读《唐诗三百首》，这一首老师却还没讲到。大哥说："拿书来，我给你讲。"大哥叫我看着书听他讲，他不用看书，只在室内飘逸地走来走去，一面吟诵着，一面讲解着，一面手舞足蹈地比画着。于是我眼前仿佛真看到了黄河之水天上来，奔流到海不复回，真看到了金樽满对月，一饮三百杯，尤其是讲到"千金散尽还复来"时，大哥那一下飘逸豪迈的挥手散黄金的姿势，使我立刻爱上了诗人李白，觉得他大概正是大哥这样的风采。李白这首《将进酒》成了我第一首能背诵的长篇唐诗，以后任何时候默诵起来，都离不开大哥讲解情形的记忆。

大哥给我的这一点"诗教"，印象和影响都很深。我生在桐城派保守风气还很强的桐城，却并不把作新诗看作离经叛道稀奇古怪，而是看作自然而然的事，觉得从"大舶夹双橹，中流鹅鹳鸣"到"河里有船，船上有灯光"，从"天生我材必有用，千金散尽还复来"，到："我向自己发笑：'幽子不来也好。'"并无间隔，一条路子走下来，尽管成就高下有殊，但我相信李白如活到现在，也会像大哥这样作新诗，这个信念是暗暗形成了。我不知为什么只是一般喜欢而并不十分佩服大哥的新诗，也许是性分气质不相近，但正因此，反觉得作新诗是当然之事，今人作诗就该作新诗；好像看惯了今人的穿衣打扮，并不一定个个都是美人，正因此才觉得今人就该这样，古装美人反而不自然了，当然，谁要是喜欢着古装玩玩当然也各有自由。

大哥一九三四年写给他的好友陈梦家的信道："弟近阅明末史，对新诗不感兴趣者久矣。"他写新诗其实没有几年，留下来的诗篇不到四十首。近些年来，他逝世半个多世纪之后，诗坛上随着对新月派的发掘与重估，作为"新月派诗人的后起之秀"的方玮德，也重新引起了研究者的兴趣。看来，方玮德这个名字，终于还是要以诗人的身份存在下去，这真不是他的意愿。当时与他并称新月派后起之秀的陈梦家，后来是卓有成就的考古学家、古文字学家，学术上的成就远远超过新诗的成就。玮德大哥如果活下来，今年八十三岁，大概是一位著名的史学家，以他的才华，研究明清史五十多年，其成就当然也会远在三几年间写新诗的功夫之上。他所愿在此，而未能实现，荒诞的死阻止了他，这是他的永远的遗憾，也是我们这些知道他的生平的人的永远的遗憾。可是，别人怎么知道呢？今后千秋万世的人怎么知道呢？他们只知道有过一个早逝的诗人，写过三四十首诗罢了。那整个儿像一首诗的人，那风度、谈吐、神采……那朋辈的倾心，女孩子们的爱慕……这一切更不会有人知道了。死亡就是这么无情，吞没了这一切，我诅咒死亡，我要用笔尽可能地从它吞没了的一切当中，挽救些出来，尽管我的笔是这么拙劣，但是能挽救一点算一点。

我的心情又很复杂。陈梦家先生一九五七年被错划成"右派"，"文革"中又被残酷迫害致死。我怎么知道大哥如果活下来会遇到什么呢？假设，本来没有多大意思，但是我仍然有这么一个假设：如果我看见或者听说，大哥的头在什么"反右"会场上低过，大哥的腰在什么"请罪台"前弯过，那么我会更加爱他，同情他，可是他那白长衫后幅的一角的一飘，在我心里肯定再也飘不起来了。当年我只知道，凭我心里那白色的一飘，聊以战胜大哥的死亡的荒诞的空无；过了半个多世纪，才发觉把那白色的一飘永远刻在我心上的，也许正是那实实在在无可改变的死亡的力量：这是悟了道，还是入了迷，谁说得清呢？

一九九一年八月十三日

苏州·钱仲联·马茂元

我今年八十三，平生抗战流亡，奔走衣食，住过经过的都邑乡村不算少。其间专为游览而去的，至今唯有苏州，杭州两处。说来寒碜，那是一九七九年，我已经五十七，由北京到昆明参加一个中国古代文学理论讨论会。会上并不怎么讨论学术，"四人帮"刚打倒，知识分子觉得又来了一个春天，新知旧雨，劫后重逢，大谈特谈的是劫中种种非常遭遇，红黄蓝白黑色的幽默都有。

表兄马茂元同时与会。他是我们表兄弟辈儿时玩伴中的领头人。

我幼年最喜欢随母亲归宁，外公马通伯先生已经去世，四位舅父完全分家，四房仍然同住老屋大宅，堂兄弟们可以朝夕相见，我去了便有这些表兄弟伙伴，玩得很是热闹。大表哥马茂元自然成了头领，文武昆乱不挡：玩武的，他是天字第一号大英雄，我们各有密藏的"武器"，大抵竹竿木棍之类，独有他是一根铜床柱，我们无限艳羡钦佩；来文的，大概旧小说他都有，乱堆在一起，我看过的几乎全是从他那乱书堆中翻检得来，有些残失了的，我也可能至今没有看全。

但是，我记忆里从来没有他正襟危坐读书的形象，还隐约听说师长辈对他太不用功很是不满。一九三四年，我进桐城中学初中，茂元初中毕业。他以"同等学力"考入无锡国学专修学校。这是有名的高等专科学校，茂元不但跳越高中考进去，而且一进去便成为名闻全校的"名学生"。他的老师钱仲联先生后来有诗追述道："当年南岳讲堂开，天马西江蹴踏来。"可见不寻常的情况。

每年寒暑假回家，他总是把学校中的种种情况向我们絮絮道来，从校长唐文治先生起，有哪些著名老师，开了哪些课程，谁的学问怎样，谁的风采怎样，同学中有哪些才子才女，等等。最年轻的老师是钱仲联先生，本校第一名毕业，深受学生敬爱。他教课严格，常常要学生当堂完成诗词习作若干首。有的女同学完不成，只好请高才快手的同学当枪手，课后请吃小馆酬谢。学生中自行组织的诗社，仍然纷纷聘请钱仲联先生当指导。所有这些，我耳熟能详，好像我也是无锡国学专修学校的学生一样。

长大以后，茂元表兄与我天各一方，离多会少，新中国成立后我在北京，他在上海，经过"文革"浩劫，居然有机会一同参加学会，已经难得。更难得的是，我久仰大名的钱仲联先生也与会。我入世早，多与年长者同事。他们谦虚客气，总以同辈相待。我不愿妄自菲薄，对于长我十来岁的，遵守"十年以长，则兄事之"的古礼，但也不敢妄自尊大，对于长我二十来岁的，完全以前辈师辈待之。钱仲联先生则不论比我大多少，由于茂元表兄的关系，他当然不折不扣应该算作我的师辈。我同茂元谈起，想会后到苏州一游。

茂元立刻同钱先生商量，请他导游，他惠然允许，并且与茂元共同替我安排了一个最佳游览日程。茂元开玩笑说："你是基辛格，我是为基辛格安排日程的黑格了。"

　　到苏州几天中，钱先生极其认真负责地带我游过最有代表性的园林，上午一个，下午一个，我都觉得相当紧张，他却毫无倦意，还特地请我到他家吃师母做的馄饨。他这样的古道热肠，给我的教育，比什么都深刻。苏州园林之美不胜收，不待我来说，我特别感兴趣的是小小的网师园，最有尺幅千里之妙，但是究竟游得匆促，许多地方在我心目中已经很模糊，只有钱仲联先生巍然一老的身影，还有戏说为我做"黑格"的亲爱的表兄马茂元，还屹立在那里，使我永远忘不了苏州。斯地也，而着斯人也；斯人也，而关斯地也，真是天造地设！

　　　　　　　二〇〇五年八月二日，病后出院之次日

岭海传薪正有人

　　大学中文系的课怎么讲法，我似乎有些知道，然而也很难说就是知道。新中国成立前我就站在讲台上讲着，不长不短，也有五六年的历史，应该不能说是不知道了。可是，我从没有在讲台下面坐过，没有听过任何一位教授的课，根本不知道自己的讲法是不是那么一回事。回想初登讲台的时候，心里真虚得很。那是一九四四年，自己明白只有高中二年级的学历，一年小学教师、一年半中学教师和两年半大学助教的经历，一下子就对着和我年龄差不多（有些还比我大）的大学生讲起课来，先还只是教"大一国文"，紧接着居然开起专门课来，这一方面固属年轻狂妄，不知天高地厚，一方面也未尝不暗暗抓紧了一切机会，补充先天的不足。首先讲课内容要靠边教边学来充实学识，提高水平。此外，我特别注意从同事的闲谈中，一点一滴地汲取名教授讲课情况的信息。那时在系里，我常常是最年轻的，同事大都是我的师辈，例如长我二十余岁的黄淬伯先生、台静农先生，至少也是老长兄，例如长我十余岁的柴德赓先生、王西彦先生，他们讲课时我很想去旁听；可是当时没有这个风气，我恐怕反而引起别的误会，只好多向他们打听他们的老师的遗闻轶事，其中当然也包括讲课方法。久而久之，我听到了不少，关于梁启超的，关于王国维的，关于鲁迅的，关于周作人的，关于胡适的，关于陈垣的，关于闻一多的，关于胡小石的，关于唐文治的……有趣的故事很不少。这些名教授的讲课方法，我归纳出两大类：一是有学问而又会讲的；一是有学问而不会讲的。有不少的例子说明，只要真有学问，虽不会讲，仍然会得到真心向学的学生的敬爱，能给他们以教益。可是我自己更愿意朝着有学问而又会讲的方向努力。所谓会讲，又有两种：一是娓娓清谈，引人入胜；一是条分缕析，纲举目张。最好是二者得兼，其次是做到后一种，也很好了。当时有人指教我，说是世界教授方法有德国式和美国式两种，德国式精深而不免晦涩，美国式有条理而不免浅薄。我不知道实情是否如此，但是我想，晦涩而并不精深的，有条理而并不浅薄的，恐怕也有。中国儒家的学风，正如章太炎所说，其失不在支离，而在汗漫，宗旨多在可否之间，议论止于含糊之地。二千年来儒家的统治地位，使这种不好的风气影响及于各个方面，讲学著书者往往受影响最深。所以，我认为，在中国，讲求条理特别重要，宁可失之浅薄，将来还能深下去，不可失之汗漫含糊，永远没有明白过来的时候。其实，倘能把一个作家一部作品一个流派一段文学史讲出一个条理来，已经是用了某种较科学的方法进行分析和综合的结果，不是不费气力便能办到的。有些人对此一概嗤鄙为浅薄，其实他们所自矜的"高深"，往往只能在汗漫含糊的纱幕后面显得多么了不起似的，如果稍加以条理化，未必还有多少内容吧！即使是比较浅薄的条理，也只能沿着条理化的方向来提高它，使之成为更细致更丰满的条理，而不是越提高越趋于没有条理。在这个意义上，倒不妨借用《孟子》的话："始条理者，智之事也。终条理者，圣之事也。"原来，圣人之事也不过是个条理罢了。

这番话现在说来容易，当时做来可不容易。学识不够，还可以努力，最大的遗憾还是自己没有听过大学的课，讲得好讲得不好的，都没有具体的榜样或鉴戒，这是永远无法弥补的了。光是听听遗闻轶事，总归是隔一层。尤其遗憾的是我父亲（方孝岳教授）怎样讲课，我也没有听到。二十世纪二十年代，他二十岁刚出头一点，就到北京大学预科教书，当时胡适自己是青年教授，初见我父亲时也吃惊道："没想到你这样年轻！"以后我父亲在南北各大学中文系任教，而以在中山大学的时间为最久。可是我一直没有和他生活在一起，从不知道他是怎样讲课的。他是属于有学问而又会讲的类型，还是属于有学问而并不会讲的类型呢？我常常拿着他抗战前出版的几种著作如《中国文学批评》《中国散文概论》《左传通论》等等来揣摩想象：这些书他用作讲义没有呢？他的讲义像不像这样呢？从这些书来看，丰满的内容和明晰的条理兼而有之，但口头讲课怎样呢？我听说过几位名教授的故事，讲义编得好，讲课却非常不行，学生选他的课只为了领他的讲义，上课却是尽量溜掉，溜不掉也在讲台下干别的事。当然也听说过讲义好，讲课也好，并且互不重复，令你拿了讲义还不得不听讲课的。我父亲是哪一种呢？这些揣想终于无可质证，但有一点我可以肯定：我父亲讲中国古典文学，已经不是桐城旧派那种只讲"雅洁"而不免含糊笼统的风格，而是受过近代科学方法的训练，很重视条理化了。桐城旧派老先生的含糊笼统的学风，我亲身体验过，印象其深，感想甚多。所以我十二三岁读到我父亲的《中国文学批评》一书时，尽管许多不懂，却一下子就被吸引住了，因为这样一个条理明晰的系统，和我听惯了的含糊笼统的说法，是那么不同。后来我对桐城文学一直没有兴趣，受了这本书的影响是原因之一，尽管此书中对桐城派文学批评还是很重视，估价很高的。于是，我尽量想象倘若把这本书化为口头讲课，可能是怎样讲法，作为我讲课时的一个榜样。虽然我没有教过"中国文学批评"，但是我教"历代诗选"等课程时，是注意把艺术的生动和科学的条理尽量结合起来的。至于揣摩想象出来的榜样，是否符合实际，当然大有问题，可是也只能如此了。

新中国成立后我改行当了编辑，再没有教过书，新中国成立前的一点教书经验还有没有用也不知道。打倒"四人帮"之后，认识了华中师范大学中文系周伟民教授，谈起来知道他和他的夫人唐玲玲教授，都是我父亲在中山大学的学生。这些年我们常有接触，我得到不少教益。最近，唐玲玲教授将她的《东坡乐府研究》原稿给我看，要我写点序言。我细读之后，不禁大喜，觉得似乎寻着了一点渊源，可以稍补我未能听到我父亲讲课的遗憾。因为这部书的特点，是把一个词人苏东坡"掰开拆散"了讲：先是横剖为抒怀言志词、送别词、诉说家庭情爱词、咏赞歌妓词、友谊之歌、咏物词、农村词、故乡情思词、诙谐词、隐栝词十类，又竖剖为个性特征、艺术技巧、结构特色、音律美、风格、承前启后六个问题，一纵一横，构成了条理特别分明的系统。每说一类，每谈一个问题，既有宏观的衡古鉴今，指出东坡的历史贡献，又有微观的一篇一句的讲解赏析，乃至一个典故的考索，一个词语的诠释，可谓本末兼赅，圆融周至。我于东坡词，一向只读过选本上常见的、诗话中常谈的有限几首。现在读了唐玲玲教授这部书，好像从头到尾听完了她的"东坡乐府研究"的课，而今以后，我敢于向人说一句"对东坡词知其大概"了，先前是不敢说的。我不知道唐玲玲教授是否开过这门课，不知道这部书是否以讲义为基础写成的，我只是说，我读她这部书，觉得如果她是这样讲课，那就很符合我过去追求的理想了。我也不知道她听过我父亲的哪些课。我父亲三十岁前后作过一阵词，走的是梦窗一路，不是东坡一路，后来也没有再作，他在中山大学大概不会讲东坡词吧。但是，我相信，唐玲玲教授研究东坡词的方法，是从我父亲那里受到教益的。那么，我现在系统地听完了她这一门课，也差不多可以说是成了我父亲的"再传弟子"了。这篇说是序言，实际上只是我听课的感言，勉强可充学习小结。至于书中有我尚未能消化的部分，也有和我的看法不尽相同的部分（例如对东坡咏歌妓词的估价，我觉得高了些），这并没有什么关系。我听说过，有些名教授鼓励学生提出不同的意见，相信唐玲玲教授也会是这样的。

　　末了，想起陈迩冬兄的《追诔方孝岳先生并题其〈棔櫨集〉遗稿》诗中的一联："桐城破壁出，岭海execl薪传。"上句说我父亲破桐城之壁而出，下句说他在广东教书多年，不知谁能传其学问。我想现在可以从唐玲玲教授得到证明，岭海传薪，颇有其人，不妨即以此联转赠给她。

一九八七年五月二十一日于北京碧空楼

勺园花木

　　流沙河先生的《悲亡树》（载二〇〇二年七月二十五日上海《文汇报》十一版《笔会》），真是一篇好文章。它简要地把一场奇花异木的毁灭的悲剧，生动地呈现在读者目前。他说的是成都原熊克武公馆，新中国成立后用作四川省文联（原含省作家协会）会址。整个这所中西合璧、精致典雅、五大进七小院的宅第，连同里面那些日本横田枇杷，广东大白玉兰，树身径尺的丹桂，拱把粗的老珠兰，妖艳可狎的小桃红，树龄百年的老苏铁，树身两人合抱、树冠荫庇整个小院的楠树，以及桃林、竹林、荷池、李、杏、梨、栗、石榴、枇杷、苹果等等，五十年来怎样说拆就拆，说伐就伐，毫不痛惜。如今变成了只有四围水泥楼房，中间空地做停车场，物不文，景不艺，就像四只火柴盒围着一群甲壳虫的机关大院。

　　我出身单寒，没有住过什么名园大宅，但是先祖方檠君先生在桐城勺园故宅内凌寒亭旁亲自经营的小园一区，虽然只有两百平米，也很有一些花木。先祖诗集《凌寒吟稿》卷三就有几首咏勺园花木的诗。一云：

凌寒亭

种竹干霄三十年，一亭风露已翛然。

敢云岩穴成高隐，自古哀歌有独弦。

片石立云芳草满，清樽留月古城边。

华颠寂寂幽居兴，五树梅开欲雪天。

第六句下自注云："亭在城旁十余步内，植梅五株渐成林，予为联题柱云：窗留冷月寒梅劲，城拟荒岩古石尊。"所谓梅花五树，我小时候祖父已经教导，应该特别注意。现在还记得蜡梅、红梅、绿梅、白梅、江梅五个名字。蜡梅的印象最深，它独立花园东南角，大雪中盛开，白雪裹着黄花瓣，在清香的凛冽中，放送着凛冽的清香，是花香中的极品，其他四种的实际形象多已记不起。又一首是：

孝深二侄寓居皖垣任氏霄汉楼旧址，有海棠一株，当楼盛开，集江上诗人饮酒高会，月下吟赏尤恣，远传佳泳，赋二律寄之，时予勺园手植海棠九年，亦开烂漫也（录第二首）

勺园一树好，手种愈生妍。

未置青春酒，惟娱白发年。

孤芳闷山国，胜侣闹江天。

别意兼诗意，因花落彩笺。

90

还有一首《深侄前月于霄汉楼集菊花诗会，为清一老人祝寿，有诗来速我往聚，次韵答之》，首联云："亦种篱前数菊花，离群风雨兴难赊。"以上咏及的已经有海棠、菊花、梅花等。又有松，见于张啸松先生《乐真堂啸松诗钞》（油印本）卷一《咏勺园松一首寄方生孝博及其兄子重质玮德》，其自注云："昔年孝博与女弟令完及其兄子重质从余读经勺园，偶得松秧种之。余戏云：'我号啸松。他日此树成荫，余骑驴来游龙眠，当置酒款我树下。'重质笑曰：'先生驴子当为我赠。'今松已高及丈余，驴子姑勿论，酒固在所不免，可无预酿以备老饕之猝至耶！一笑。"还有薜萝，同上书同卷有《凌寒亭薜萝歌》，序云："方槃老有亭曰凌寒，薜萝甚古，上年览物赋诗者多矣。余今年主其家。槃老为余言，乃亦为慢歌一首。时壬戌春二月。"

勺园花木中"有诗为证"的，略如上述。此外存在我记忆中的，首先是柏、楠、柿、杉四种树，有特殊意义，原来这些都是我父亲一辈四兄弟的小名：大伯父孝旭先生小名柏生，二伯父孝彻先生小名楠生，我父亲孝岳先生小名柿子，叔父孝博先生小名杉子：都是取自勺园中所有的树木。我们共祖父的堂兄弟十人，是统一的大排行，我们的小名起先也有统一之意，都是"竹"字头的字：长玮德，小名笋子；次筠德，小名篑子；三是我，小名管子；但自从四弟小名复子，后来即用作正名方复，"竹"字头的小名便没有继续下去了。祖父这样给自己的儿孙两辈取小名，显然流露出他对手种的树木深切的情意。我因为父亲小名柿子，对那棵柿树特有感情。祖父特地告诉我，柿树有七大优点："一寿，二阴，三无虫蚁，四无鸟巢，五有佳实可食，六有佳卉可玩，七其叶肥大，可以临书。"祖父只说过一次，我听了牢牢记下，至今过了七十年未忘。我十岁（虚岁）生辰那天，祖父特地从伯祖父方伦叔先生的诗集《网旧闻斋调刁集》里面找出一首《柿侄十龄生辰》长七古讲给我听，原来我伯祖父特别喜欢这个侄儿，这恐怕是我父亲这个小名留在世间文字上唯一的一处了。

此外能记起的，还有金橘、枇杷、棠棣、芙蓉、梧桐、桑、榆、桂、柳、橘……大致位置都还在心目中。有两百平方米左右的小园，安排了这么多花木，居然井井有条，当中还用鹅卵石铺出带有图案的四方形平地，夏夜乘凉，可以在上面摆放三四张竹床，祖父一张，叔父一张，我们小孩一两张。叔父指点星空给我们讲天文地理知识：恒星、行星、太阳系的九大行星，银河、北斗、南斗、北极星、牛郎、织女、老人星，自转、公转、南北极、赤道、经纬度、回归线，等等，直到后半夜才回房间去睡，枕席仍然热得人翻来滚去。祖父干脆彻夜露天睡在竹床上，我们很羡慕这样睡法，可是大人不允许，这是只有祖父才享有的特权。有一夜，我们将吃过的西瓜壳做"西瓜灯"，瓜皮挖薄到半透明，中间挖出透明花纹，点上蜡烛，挂在那棵红梅树枝上，绿莹莹的灯光，特别增加一股凉意，情景至今不忘。平常小孩最感兴趣的是金橘和枇杷，理由自明。

勺园花木不仅在花园里，还有凌寒亭前一棵金桂，一棵银桂，印象也深刻，因为家塾就设在凌寒亭，每年花期，老师和我们几个学童，是全家人中享受这浓郁芳馨最近最多最长久的。亭旁就是作

勺园门外

为大伯父小名的柏树，在勺园树木中最高，树身缠着一株凌霄，已经长得很粗壮，缠得很紧，可是柏树若无其事，凌霄花每年都在柏树的高高树巅盛开，淡红色的喇叭口形的花缀满枝叶间，柔曼依寄于劲拔，苍老护托出妩媚，可谓一大盛景。大厅前面还种有紫荆；中厅的小堂前种有香橼，一边的花墙上有金银花，春夏之交香溢庭院，一边的花墙旁边有天竺，冬天大雪时，白雪压着红果，诗意益然。尤其是我住的九间楼小院里花坛上那株牡丹，更是勺园的绝色，我曾有句回忆儿时心境云："童心惘惘烧春日，诗思沉沉酿雪天。"所谓"烧春"，便是春日牡丹像火一样盛开时的感觉。

花木之外，还有竹子。邻接花园，就是竹园。上引诗句"种竹干霄三十年，一亭风露已翛然"，已经说到。这里再引伯祖父方伦叔先生《网旧闻斋调刁集》里面一首长古——

凌寒亭歌　并叙

三十年前于勺园之西隙地种竹，得凌云之姿万竿矣。舍南曾以旧材架屋三楹，为啸读徙倚之地，四时咸宜焉。吾弟取柳子厚句意，命名曰凌寒。……（以下失记。——舒芜）

石火电光动心目，坐闻修竹凌苍天。
为海为田不可说，此亭此竹且依然。
春风细细松月静，春雨绵绵儿孙添。
客去主归梁燕喜，茶烟清处书当轩。

我是当年种竹人，沉吟枯槁荒江边。

杜老草堂频问讯，此意宁似常情牵。

检校有人同深慰，拈髭忆竹生余妍。

开颜一笑向吾弟，请看万竿同一原。

根连枝接风露里，亲附不觉神为偏。

物情依依有如此，能不尔我感华颠。

能不尔我感华颠，回看童稚嬉庭前。

这首诗是祖父挑出来讲给我们读的。勺园在桐城，"荒江边"则指安庆。三十年前已经在勺园种竹建亭，怎么三十年后老兄"沉吟枯槁荒江边"，而老弟又"客去主归梁燕喜"？这里面涉及一段家史，说来话长，此且从略。我们读了，很容易成诵，则是因为它赞美了我们所爱的竹园。我们经常在竹林中曲折穿行追逐，在竹上刻字，看它一年一年随着竹子的成长，字迹越来越变成横扁形，很是好玩。还会看到父亲一辈人少年时代的刻字，现在那么庄严的大人，想象他们当年也和我们一样在这个竹林里打闹跑跳，特别有意思，正好坐实了"回看童稚嬉庭前"之句。"春雨绵绵儿孙添"之句则人竹双关，每年春天雨后，满园新笋，同时怒长，勃勃生机，的确只有"怒长"二字能够形容，入馔则鲜美无比，可惜只吃到几天，很快便成了新竹，不可吃了。

竹林旁边是井，井水只能用于洗涤，饮水得去东门城外大河挑来。夏夜乘凉时，沉到井底冰了一天的西瓜，吃起来真是冷彻肺腑，实为任何冰箱所不及。井在竹林与廊道之间，那条廊道很阴凉。令完小姑在安庆教小学，暑假回家，便教我们算术，补家塾之不足。每年夏天，我与五弟祚德便在廊道上设方桌对坐，做算术功课。

勺园的这个井，与井边廊道，至今尚在，所有竹树早已荡然无存。究竟是怎样荡平的，几十年中间，经过了抗战、沦陷、拆除城墙、解放、土改等等大变动，难以弄清。勺园当然不能与熊公馆比，我也没有资格学流沙河先生的步，来悲勺园之亡树。我早已公开宣称要将它们付之一炬。一九四五年，我在重庆一家杂志上发表过一篇散文《我的怀乡》，把勺园故家描写成一个典型的"封建文化家庭"，希望把它"烧成一片平地"。这份杂志不知道怎么传到远隔沦陷区的桐城故乡，伯父孝旭先生居然看到了，居然知道署笔名的就是我。听说他气愤地说："烧，烧，这个小管子，烧掉了，看他回来住哪里！"虽然我实际上并没有烧，但是写到勺园花树，我只用了"阴森的竹园，多蛇的花园"两句了之，也就是宣布它们的可烧之罪。近六十年之后，读了流沙河先生的文章，不免仔细回想，其实我并不记得花园出现过蛇，竹林一向固然说多蛇，小孩们也常被告诫当心，特别说是有一种最毒的蛇名为"竹叶青"，会竖起来好像一根竹子，也从来没有遇到过。可是为了"反封建"，我便做了那么十个字的结论，真是污蔑不实之词。现在我只能推翻这个污蔑不实之词，为勺园花木恢复名誉。自我污之，自我洗之，好歹还能算是我有自我更新的能力吗？

二〇〇二年十月十六日

小书柜

——我的精神摇篮

我们大家庭中，书是不少，可全是祖父和伯父的，我们小孩无权翻看，而且全是古书，小孩也看不懂。有一个小书柜却放在我住的房间里，两扇木板柜门上，刻着祖父手书的大字，一边是"总百氏"，一边是"别九流"，可见这原来也是祖父的书柜，不知为什么放在我住的房间里，装的全是新文学书，我可以随时随意取阅。这是谁的书？为什么没有别人来取，仿佛成了我的书？当时没有问过，根本也没有想过，就是那么享用着罢了。算起来，柜内三层，总可以装上好些书，现在记忆很零落了，只记得有鲁迅的《彷徨》《朝花夕拾》《伪自由书》，周作人的《自己的园地》《谈龙集》，郭沫若的《落叶》和他译的《少年维特之烦恼》，郭沫若、宗白华、田汉的《三叶集》，徐志摩的《志摩的诗》《翡冷翠的一夜》，陈梦家编选的《新月诗选》，冰心的《寄小读者》《繁星》《春水》，陈衡哲的《小雨点》，梁实秋译的《潘彼得》和他的论文集《浪漫的与古典的》，朱光潜的《给青年的十二封信》，等等。此外还有三四期《新月》杂志，十来期《东方杂志》，二十来期《小说月报》。后来推想，既有那么多新月派的书，那么这可能是大哥（堂兄）方玮德的，他是新月派诗人的后起之秀，抗战前不幸早逝了。书柜中还有不少少年儿童读物，上面说过的《潘彼得》之外，翻译的还有《木偶奇遇记》《阿丽思漫游奇境记》《爱的教育》《续爱的教育》《小妇人》《好妻子》，创作有叶绍钧的《稻草人》，中学生辅导读物有夏丏尊、叶圣陶合著的《文心》，这一类大概是母亲专买给我看的，还有《中学生》杂志，似乎是订阅的。

我守着这个书柜，翻来翻去看这些书刊，是在十二岁之前读家塾的时候，十二岁进初中之后则主要是向学校图书馆借阅了。家塾里读的是"四书""五经"、唐诗、古文等等，自然不会有多大乐趣。课外自七岁起读《三国演义》，接着照例读了《水浒传》《封神榜》《西游记》《说岳全传》《说唐》《聊斋志异》《阅微草堂笔记》等等（《红楼梦》是进高中才读的），虽往往也废寝忘食，实际无非是看故事，找热闹，谈不上文艺鉴赏。能够把我初步吸引到文学艺术的趣味方面去的，则是那"总百氏，别九流"的小书柜里的书。当时读了最受用的是《文心》，它用长篇小说似的形式，讲中学语文知识，生动有趣，能把中学程度的少年引到中国古典文学的大门口，窥见门内之美，萌生探寻的兴趣，这对于我后来一直都很有影响，至今我还认为是好书，未知有什么后来居上的书可以代替它。《中学生》杂志也办得好，上面有名家之作，也有"中学生园地"，使读者有亲切之感，我现在还记得署名"苏州振华女中彭雪珍"的，在"中学生园地"上初露头角，就是后来的名记者子冈。我永远感谢该刊主编叶圣陶先生对几代中学生的教育，虽然我那时其实还只是个小学生。

比少年儿童读物影响更长远的，还是那些新文学的最高成就之作。回想起来，即使上述书目零落不全，仍可见那个小书柜里似乎已经包括了中国新文学几大流派的精要，我在十二岁以前就能时时亲近这些，熟悉这些，受到新的文艺空气的陶冶，不能不说是平生一大幸事，不能不感谢大哥方玮德的无言之教，假使那些书是他留在这里的。

某一个春日的下午，我病愈还在休养，不必去家塾上学，母亲出去了，我一人在房内，把那二十来本《小说月报》全搬出来，窗外花坛上牡丹盛开，春日迟迟，我在窗下静静地一本一本地翻看那些杂志，整个下午这么度过，第一次有意识地感觉到读书之乐。《小说月报》每期都载有绘画，我就从那上面第一次看到常书鸿和潘玉良的画；还看到杭州韬光寺的风景照片，对那竹林深处的古寺，觉得特别向往。丁玲的《这不算情书》，题目特别，一看便忘不了，内容当然是后来才逐渐懂得。我那天集中翻看这么多本的大型文学杂志，归结成一个印象：原来有这许多人都在从事新文学，形成这么生动繁荣的局面，我将来能参加就好了。

那时，关于新文学各派的异同，各位作家的成就的高低，没有任何人指点我，说来也奇怪，我的小书柜的藏书当中，比来比去，终于比出最喜欢的就是鲁迅和周作人。此外的书，包括那些少年儿童读物，顶多看个两三遍，只有鲁迅、周作人的几本书，我不知翻过多少遍。那本《彷徨》，那本《朝花夕拾》，那本《伪自由书》，那本《自己的园地》，那本《谈龙集》，从内容到封面，从纸张到装帧，我都熟而又熟，特别是那毛边本，我觉得非常好看，觉得鲁迅、周作人的书就该是这样的。一个不满二十岁的青年，读二周之书能懂得多少，真是天知道！读书不懂是要减少兴趣的，二周之书却有一种强大的吸引力，把我牢牢吸住，不懂之处不足以间阻吸引，吸引之力反而增加我无论如何要弄懂的决心。而这就定了终身，至今我已在人世虚度第七十个年头，回顾平生，一贯深嗜笃好的，仍首推二周之书，而且我相信这个抉择是对的。

说到这里，我还要感谢我的母校桐城中学的图书馆，感谢管理员章昂霄先生。我读初中三年之中，他一直允许我进书库随意看书，借书也不怎么限定册数和日期，馆内所藏新文学书很不少，这使我能把那个"总百氏，别九流"的小书柜给我培养出来的兴趣，继续发展下去，不致萎缩。（桐城中学所藏的那么多好书，听说"文革"中全都烧了，在大操场上整整烧了三天。）但是，曾经成为我的精神摇篮的，毕竟是那个小书柜。祖父题的"总百氏，别九流"六字，原意当然是指中国古代学术的百家九流，可是它既装进了新文学书，好像也就适用于新文学。我正是在这个摇篮里，接受到新文学几大流派的营养，自己摸索着选定了趋向。

所以我常劝人不要低估孩子们的阅读能力和选择能力，要使他们早些接触到各种高级读物而不局限于少年儿童读物。我这样说，是有我那精神的摇篮做凭据的。

一九九一年八月十九日

私塾里的背诵

报上有文章主张学生应该背诵一些古典诗文，引起我回想小时在家塾里背书的情形。

私塾教育在科举时代，原是为应科举考试做准备的。我进家塾，已经是二十世纪二十年代之末，科举制度已经废除了二十多年，我们家里从父亲他们那一辈起，都是读几年家塾之后便要进新式学校的了。但是我们在家塾里读的"四书""五经"、唐诗、古文，全得背诵，这显然还是科举时代私塾教育的遗法。因为科举考试最主要的是考"四书文"，从"四书"中摘出一句数句或一章，即为作文的命题，叫你作一篇八股文加以发挥，这叫作"代圣贤立言"，所以"四书"第一要读得熟而又熟。还要考经义，所以"五经"也要熟读。还要作试帖诗，所以要熟读唐诗。古文主要是读唐宋八大家的，实际上是把他们看作八股文的先辈或长亲。大约这一套在私塾教育里已经定型，习惯相沿，即使科举制度废除了二十多年之后，只要你开私塾仍然很难完全摆脱它。

我们受的私塾教育，也有了些改变："四书"虽仍是要从头到尾熟读，但是已经不读朱熹的注，这在科举时代是要读的，因为八股文里发挥"四书"的道理，规定了只准根据朱熹的解释。"五经"之中，只有《诗经》和《左传》（读《左传》就是读《春秋》）是全读，其他都是选读。八股文一篇没有读过，更没有学作过，我们的写作课只是作一般的文言文；从未命题作诗，我们是读了《唐诗三百首》，慢慢有兴趣自己学着做的，从未抄在作文本上请老师批改。旧时私塾里，作文之前，先要对对子，为八股文、试帖诗打基础，我们也没有经过这一段训练。总之，我们受的私塾教育，已经大为简化了。

在读"四书""五经"之前，还有一个发蒙的阶段。旧时蒙学教材，通行的是《三字经》《百家姓》《千字文》《神童诗》《千家诗》《龙文鞭影》《声律启蒙》《增广贤文》等等。我们只读过《三字经》一种；但是我们还读了一本《弟子规》，一本《读史论略》，这两种却有些特别，似乎不是一般通行常读的。

不管是蒙学书，是"四书""五经"，是《唐诗三百首》《古文观止》，教学方法都是着重背诵。每天早晨一上学，先生（那时不称"老师"，当面背面都称"先生"）便上一段生书。"上"是讲解之意；有些塾师不会讲解，只会把课文朗读出来，叫学生跟着朗读，也叫作"上"。"生书"是尚未读"熟"的书之意。然后学生各归座位，一遍一遍地朗诵当天的"生书"，不拘遍数，不拘时间，读到自己觉得能背诵的程度，便自动去先生面前请求"背书"。学生将自己的书呈于先生面前，然后背向先生，高声背诵，往往左右摇晃着身体，两脚随之一起一落，仿佛为背诵打拍子。如果背诵得格格涩涩，显系没有读熟，先生便令其拿书回座位再读；先生大发脾气时把书怒掷于地，叫学生捡起来回去读，也是有的。当天的生书读熟，背诵通过之后，还有"小总"和"大总"。先将昨天今天两天上的书连在一起读，再到先生面前背诵一遍，这叫作"小总"。然后又将最近十天上的书，连在一起读，又到先生面前背诵一遍，这叫作"大总"。这是在反复巩固记忆。这样算起来，每一段书都熟读背诵过十二遍。凡"四书""五经"，都是这样的读法，每一个上午，都在这样反复朗读和背诵中度过。下午用于练大小字及三五日作文一次，等等。晚饭后上夜学，则是读诗和古文的时间，主要教材是《唐诗三百首》《古文观止》，都是选着讲读；另外还自别的书上选讲一些，作为补充。这种补充教材，由学生自己抄下来，各自汇订成册，诗古文都要求背诵，但不要"小总""大总"，只是一次背诵通过就行。

上面说过，过去教私塾的老师，有的并不会讲解，只会把课文一句一句地念出来，叫学生跟着念。我们家里聘请的老师都能讲解，能把书上的古奥文句换成口头说的白话，讲出一个大概来。我最爱听讲《左传》，因为那里面有历史故事，特别是历时较长的连贯性故事，例如晋公子重耳流亡在外十九年，经历各种艰难险阻的故事，我听了就很同情这个人物，关心他的命运，希望他得到好结局，终于很高兴地看到他回了晋国，继承了国君之位，是为晋文公，他并且建立了霸业，成为赫赫有名的"春秋五霸"之一，提起来我好像同他认识似的。《诗经》是韵文，尽管古今音韵颇有变迁，读起来大致仍能朗朗上口，所以读得也还有兴趣，这主要是指

"风"和"小雅"而言，"大雅"和"颂"可不好读。更有兴趣的是读汉魏以下的五七言诗，浅显易懂，音韵调谐，写景抒情能打动孩子们的心，都是原因。最难读的是佶屈聱牙的《尚书》，最难懂的是讲性论道、谈仁说义的儒家哲学理论，最无味的是唐宋八大家那些有意"作"出来的文章，当时虽然都硬读强记下来，以后很快便忘了。

五六年时光的背诵教育，不能说是完全白费。后来看人家的文章，听人家的谈话，遇着引用到"四书""五经"里的文句、典故、格言、成语之类的，或者议论到这些书中的事情和道理的，我多少能够知道一些，不会完全茫然，必须翻书查考时大致有个方向，有些线索，这恐怕是最显著的收获了。中国两千年来，独尊儒家，儒家的经典是读书人个个要熟读要尊重的。于是文字语言中，自然会大量地引用这些书，涉及这些书，读书人的立身行事的准则，言谈议论的绳尺，也多不言而喻地出自这些书，所以背诵过这些书的，理解起来自然会比没有背诵过的方便些。但是，用了五六年死记硬背的代价，换来这些收获，我看代价是太大了，何况假如不是要同中国古典文史多打交道的人，那么他根本不太需要这种收获哩。

但有一点，我一向主张：凡是有志于研究中国古典文学的人，应该尽可能多地熟读背诵古典诗文的名篇，不能仅以翻翻看看为满足。只有熟读背诵，还得加上自己动笔学着写一些文言文和旧体诗，方才能够涵泳其间，知其浅深甘苦，否则总不免于"隔"。这不是就一般中小学生而言，因为他们将来只会有极少数人去研究中国古典文学。至于作为国民必备的文化知识，要求一般中小学生都能背诵若干最有名的古典诗篇，我也是赞成的，那分量一定极少吧。

一九九二年八月三日

家馆滋味忆吾师

　　鲁迅写过两种私塾，一是《朝花夕拾》里回忆的三味书屋，老师在自己家里设塾招生，各家子弟每天到老师家上学；一是小说《怀旧》里写的那位仰圣先生，应聘住在别人家里，教主人家的子弟。我没有进过前一种私塾，我们家一辈辈、一拨拨子弟，历来都是请了老师住到我们家里来教，略近于后来所谓家庭教师而又有不尽相同之处，那时术语谓之"请先生"，重音读在"先"字上，从老师方面说就叫作"教家馆"。我所知道的亲朋人家，无不如此。那时我们县城里有没有三味书屋式的私塾呢？想来也会有吧，只是我从未听说过，小伙伴中也未听说谁读过。

　　我大约从七岁起，到十一岁，和堂兄弟妹们一道，在祖父的主持监督之下，在家塾里读书，先后请过三位老师：詹西平先生，张梦渔先生，殷淳夫先生。当时詹先生二十来岁，张先生三十来岁，殷先生三四十岁。詹西平先生字白浪，教我们读《弟子规》《三字经》，只记得他比较矮，此外毫无记忆，那时我们太小了。张梦渔先生大概是以字行，不知本名什么，教我们《读史论略》和"四书"，他鼻子比较高，我们背地里给他取绰号曰"张大鼻子"。我们并无恶意，其实还很喜欢这位老师讲解清楚，态度和蔼，背地里给取个绰号还是亲近的表现。殷淳夫先生也是以字行，本名仲虎，教我们《诗经》《左传》《礼记》《书经》《易经》，我们听说他有学问，是本县的"先生"中有名的，所以我们很敬重他，不敢给他取绰号，却也有些怕他。三位老师都能讲解，不是只能教学生跟着一句句念，而且都没有体罚，顶多斥骂几句罢了。

主人家同塾师的关系，是"东家"和"西宾"的关系，礼聘和应聘的关系。报酬（那时雅称曰脩金）当视所教的学生的程度分出等级，例如詹先生是初级，张先生是中级，殷先生是高级吧。但不论哪一级，我现在回忆他们在别人家里教家馆的生涯，都是相当辛酸的。

某笑话书中有则笑话云：有塾师每年开春离家到异地教家馆，冬尽年关方得回乡，见异地垂杨而异之，人告以此是寻常树，贵乡应亦有之，他说，我那里有是有，却是无叶的。以此夸张的滑稽，极写书呆子长年累月不得安居家乡之苦。我的三位老师，虽都是本县人，却都不是县城人，张先生是义津桥人，詹先生似乎是西乡人，殷先生忘记是哪一乡，反正县城里他没有家。他们都是以孤身一人，常年住在别人家，天天眼看着别人一家祖孙、父子、夫妻、兄弟团聚一起，自己同他们只有一个冷冰冰的主宾关系，进入不了人家的生活，其滋味可想。向来流传咏这种塾师的苦况的诗，有一联云："学生初去后，灯火未来时。"最为传神。拿我们家来说，家塾设在凌寒亭，是与住房不相连属，隔着竹园和花园的孤零零的三间屋。每天上午、下午、晚间三段上学的时候，当然是书声琅琅。但是，下午放学，学生散去之后，未上夜学之前，还有一段时光，诗句咏的就是这段时光。那时人家点油灯，每天都要由仆人将各房各室的灯集中起来，注满油，将灯盏灯罩擦干净，再分别送回各房各室点用。所以，学生初去之后，灯火尚未送来之时，即使天已昏暮，老师也毫无办法，只好"守着窗儿，独自怎生得黑"了。拈此一段，可以概括他们的孤寂生涯，此孤寂偏偏又在别人家庭生活的笑啼歌哭声中，有此强烈的对比反差，其难堪更甚了。

私塾没有星期天，也没有古时的"旬休"，就是那么一天接着一天望不到尽头地教下去读下去。老师没有自己的书房，职责决定了他成天得和几个学生坐在一室之内，讲授书文，监督学生熟读，听学生背诵，监督学生作文习字，批改作文习字，等等。那么，学生读和写时，他在干什么呢？《三味书屋》的寿镜吾先生是自己也大声朗读，读到欣赏得意之处，总是微笑起来，而且将头仰起，摇着，向后面拗过去，拗过去。我的三位老师都没有这种情形，我很惭愧五六年之内竟没有暗中关心一下老师，一点也不知道他们除了教学生之外，自己干些什么。现在推想大概是非常无聊的，那样的环境里没法认真系统地搞什么学艺，只能是混日子罢了。曾有咏村塾诗前半云："一阵乌鸦噪晚风，村童齐放好喉咙：赵钱孙李周吴郑，天地玄黄宇宙洪。"这大约相当于我们跟詹先生读书那个年龄段的。"三味书屋"里则是人声鼎沸，有念"仁远乎哉我欲仁斯仁至矣"的，有念"笑人齿缺曰狗窦大开"的，有念"初九潜龙勿用"的，有念"厥田惟下下厥赋下上错"的……，这相当于我们跟张先生殷先生那个年龄段的了。我们的老师，就是每天在这样的伴奏声中，寂然枯坐，不知在干些什么打发着日子。

《怀旧》里的仰圣先生，与邻居富翁过从甚密。我却不记得我的三位老师有什么朋友来访，或者出访过朋友；如果有，我们等于放假，印象自会深刻的。曾有咏塾师诗曰："课少父兄嫌懒惰，功多子弟结冤仇。"从中可以窥见消息。塾师住在别人家，实际上就是置身于主人家的监督之下，功课教少了会被嫌为懒惰，那么自然也得尽量减少朋友往来，否则会为主人家所不喜的。

三位老师之中，只有张梦渔先生一位，我还是知道一点在教我们读书之外的他自己干的事，就是努力练书法。我们的祖父是县里省里有名的书法家，我们从小看惯了人家纷纷来求字，看惯了县里风景名胜之处大都有祖父的题字，也看惯了祖父以六七十岁的高龄仍每天练字不辍。张梦渔先生来了不久，便勤练书法，完全学我祖父的字体。他常常把练的字送给我祖父求教，从我看来已经很像祖父的字了，但我注意到，一日三餐，祖父带着我们和老师同桌进餐的时候，祖父同张先生闲谈，从不谈到张先生的字，而他们除了共餐的时候，并无谈话的机会。张先生并不灰心，仍然日日挥毫苦练，仍然常常送给我祖父求教，而我祖父也仍然报以沉默。

我因此暗暗看不起张先生了。小孩子不大有同情心，更缺少自知之明。我诸事常得祖父赞扬，唯独习字一项，不知挨过祖父多少骂。他亲自选各种碑（记得有《敬使君碑》《大麻姑仙坛记》）要我临写，规定每天除塾课习字外，还得加写大小字各一张送给他批阅，领回来一看，尽是红笔画叉，没有画圈的。极偶然有一天，他指着一个字，当面画上一个圈道："这个字好，明天就照这样写。"我实在不知道这个字是怎样好，次日我将自以为努力"这样写"出来的字送上去，不料祖父一看，怒喝一声："鬼画符！"画一个大大的叉掷还给我。我完全摸不着头脑，丧尽了信心，至今我的字仍然是鬼画符，尤其是毛笔字简直不敢见人，真正成了祖父的不肖孙子。当时，我越是挨祖父的骂，心里越加崇拜祖父的权威，所以对于张先生练字得不到祖父一句好评，丝毫没有同情，只觉得他未免不自量力，何必自讨苦吃。现在想来，他的书法其实已经相当有些水平，我祖父不肯赞赏大概是从高标准来要求，哪里轮得到我来轻视。我至今还是鬼画符的字，对于张梦渔先生来说，也是有辱师门的。

这些都是六十年之前的事了，三位老师中不知尚有健在的否。我近来常常怀想他们，他们都是乡里寒儒，为了糊口，选择了教家馆的生涯，终年孜孜汲汲，把学生们教得会写字，会读书，会做文章，无论后来如何，这总是一生文化修业的开端，老师的功德是不可没的。我长大后也曾在学校教书多年，我常把现代学校的教师同过去在人家教家馆的塾师来比较，觉得后者更值得同情，其孤寂、拘束、委屈、压抑乃至有时明显被鄙薄，主要都在精神方面。曾在我家家塾教过我们的十叔、小姑和大哥那一拨子弟的徐中舒先生，后来考进了清华大学国学研究所，终于成了全国知名的史学家，名教授，这是极罕有的例子。大多数塾师，都是默默无闻以没世，一生唯有奉献而已。我近来时常想着这些，特别是想着我很愧对的张梦渔老师，多次想写点什么来纪念他们，现在就在酷暑中拉杂写出这一篇来，我不说什么已归道山的老师冥冥中有灵之类的话，我只希望如有尚健在的老师，能接受我这个白头门生的一点敬意。

一九九四年八月一日酷暑中

敬悼王组人师

我少年失学，学历只到高中二年级，没有机会受教于海内外名师，是平生一大遗憾。但是，从家塾到高中十来年间，教过我的老师并不少，所有的老师，给我的教益都是难忘的。只有一位老师，我应该铭记，居然一点印象也没有留下，幸亏意外地得到提醒。

提醒我的是老同学张仁寿先生。我们通信中，偶然谈到《世说新语》。他二〇〇〇年十一月五日来信说，因《世说新语》一书，而想起一件往事：一九三四年春，他毕业于桐城县中心小学后，距桐城中学入学考试尚有半年。他的父亲请了中心小学六年级语文老师王组人先生为他补习汉文。王先生教他用朱笔圈点《世说新语》，并把中心小学六年级的作文簿带回来批阅。其中有我的作文，被张仁寿的父亲发现，加以赞许。云云。原来，我与张仁寿是桐城中学同班同学，但是他进小学比我早一学期。他是春季始业，春季毕业，毕业后在家里补习一学期，到秋季与我一同考入桐城中学。王组人老师在张仁寿家给他补习的同时，在中心小学六年级下学期教我们的语文，所以会将我们那一班的作文簿带回张仁寿家批阅。这些是看了张仁寿的信，我才推算出来的；原来却真是惭愧，完全不记得有这么一位老师，完全不记得读小学六年级时的语文老师是谁了。

十一月十日我回张仁寿兄信说："儿时作文，竟尘老伯大人之目，且蒙奖借，真不敢当，可惜到老无成，辜负先辈厚爱。小学国文老师王组人先生之名，承见告，谢谢。王先生后来身世如何，倘有所知，仍祈见示，为荷。"

于是，张仁寿兄十二月九日来信将王组人师生平详细见告："组人师与朱光潜一同毕业于桐城县旧制中学（四年制），且两家都住在本县杨树湾乡下的阳和保，解放后划入枞阳县，为阳和乡。朱先生中学毕业后，升入香港大学，组人师则考入本省法政专门学校学习法律，因学校毕业后不包工作，兼有家室之累，因中途辍学，任小学教师。至于他在我们县城旧一高（后称中心小学）任六年级课程，是因为与校长张宗房先生家居甚近，相知甚深。一九三四年秋我们刚入桐中，张宗房先生，因桐中新设算术课（过去中学不设此课，入学后即授代数）调入中学任此课程。中心小学校长改派安徽大学新毕业的张维，此人水平有限，没有续聘组人师，组人师因改在孔城三高任教，并因此而认识一位姓恽的女美术老师。恽老师是清代常州著名画家恽寿平（南田）的嫡后，长大后，嫁给孔城首富姚海如之子，但乃夫却是吸食鸦片的花花公子，乃父死后，便因狂赌而倾其家，但烟瘾越来越大，以致家中朝不谋夕，使恽老师难以与之共同生活，但离婚，难度甚大，一是姚家虽已衰落，仍属于大户人家；二则当时尚无女方要求离婚的先例，若遇人不淑，都不过认命。此事一直到认识了组人师之后，经晓以法律，并代拟诉状，几经周折，经过一年多的审讯，始经省高院准予离异，而组人师与恽老师却因此不容于当时的舆论，学校当然也不会续聘他们。组人师只好到望江县的华阳镇，以与人合开粮行，并与恽同居。而组人师的原配妻子仍居桐城乡下，因侍候公婆多年，组人师也难以提出离婚要求。抗战发生后，我与组人师即失去联系，解放后更由于众所周知的原因，彼此不相往来，但以年龄计算，估计他早已辞世了。"

读了这封信，我竭力回想，组人老师的音容，仍然一点也想不起，可是似乎又有一个鲜明的形象出现在我面前。这是一位为了帮助不幸的女性摆脱不幸的命运，抗逆当时环境风气的巨大压力，艰苦奋斗，虽然有成，却把自己的命运赔在里面的先进人物的形象。他的一生，平凡，暗淡，然而又使我惊心动魄，肃然起敬。

现在大家说起桐城派，只把它当作一个文派，其实它还是以程朱理学为指导思想的一个学派，而理学在道德观特别是性道德观上是极度严酷的。二十世纪三十年代之初，桐城社会风气如何，我虽然年幼，却有相当体会。当时先兄方玮德，已与家庭所订的未婚妻解约。虽然要解的仅仅是未婚前之约，而且是男方提出的，结果约是解了，亲戚社会间对玮德的非议不满，提起来摇头，我是颇有闻见的。那样的社会风气下，一个年轻的男老师，为了帮助一个已嫁的年轻的女老师解除不幸的无法忍受的婚姻，挺身而出，指导她诉诸法律，累月经年，无倦无悔，这在当时桐城人心目中是多么"不堪""不成话""不成体统"的事，可想而知。选择这条路走，需要多么清醒的认识，多么巨大的勇气，多么坚定的决心，恐怕不是今天很多人能够想象的。他和那位女老师，既是同力奋斗，患难之交，又同遭斥逐，同病相怜，最后终于共同生活，今天看来完全顺理成章，不如此倒奇怪，但在当时，又会受到多么强烈的指责，更不用说了。王组人老师的行动，显然和他接受了五四新思想有关，这说明新思想的力量，即使多么封闭的环境也挡不住。

说到这里，再细想王组人老师给小学毕业生张仁寿补习语文，居然叫他用朱笔圈点《世说新语》，这一节就很不寻常。这个起点之高，固然非今天所能及，今天大学中文系毕业，圈点此书恐怕还不是轻而易举，且不说了。而他不叫学生圈点桐城派宝典《古文辞类纂》，却选了《世说新语》，更值得注意。"桐城义法"有许多禁忌，《世说新语》中的语言，很有小说成分，自然在禁忌之列。桐城派文家自己也会读《世说新语》，但是不会用来教初学。所以王组人老师的路子，于桐城派为异端，是可以肯定的了。

我现在才想起，在小学六年级语文课堂上，我们曾经齐声朗诵朱自清的《匆匆》：

> 燕子去了，有再来的时候；桃花谢了，有再开的时候；杨柳枯了，有再青的时候；但是，聪明的，你告诉我，我们的日子，为什么一去不返呢？

还齐声朗诵鲁迅的《马上日记》：

少顷，看见大路上黄尘滚滚，一辆摩托车驰过；少顷，又是一辆；少顷，又是一辆；又是一辆；又是一辆……。车中人看不分明，但见金边帽。车边上挂着兵，……

家塾里不教白话文，初中殷善夫老师也不教白话文，这些只可能是小学里教的，也就是王组人老师教的。本来我进小学之前已经读过不少新文学文章，包括《马上日记》和《匆匆》在内，但是只在小学六年级把它们当课文读过，大概都是语文课本上选了的。内容不新鲜，全班齐声朗诵的印象觉得很新鲜。朗诵时拉腔拉调，有如朗诵文言文，至今还在我耳中口中。鲁迅文章，我早已爱读，我特别领会了"车边上挂着兵"的"挂着"二字之妙，却是由于这段文章的朗诵。那么，王组人老师给我的教益，我现在能回忆起来的，倒只有这一件事了。区区小事，本不足一提，可是六十年岁月的淘洗，还能剩下这么一点，仍然可以算是幸事。

我同意张仁寿兄的估计，王组人老师大概早已辞世。当此世纪结末，一个白头学生即以此敬悼老师。

二〇〇〇年十二月十八日

　　小孩子习见什么，就会仿效什么，这大概是事实，从古就有人注意到了，所以才有孟母三迁的故事，才有"克绍箕裘"的成语。我自幼生长在一个大家庭中，我的姑母方令孺、堂兄方玮德是新月派诗人，常在报刊上发表作品；我的父亲方孝岳是教授、学者，二十世纪三十年代就有《中国文学批评》《中国散文概论》《左传通论》等书出版；我的曾祖父方宗诚是清末理学家，有《柏堂全书》刊刻行世；我的外祖父马其昶是桐城派最后一个代表作家，著作刊行的有《抱润轩文集》《桐城耆旧传》《周易费氏学》《尚书谊诂》《诗毛氏学》等多种，所有这些，都是我们小孩子所崇拜的。我们读家塾时，常常弄些白纸来，按线装书的形式装订成册，每装成一册便好像是要完成一部著作，在上面写起来。不记得写些什么，照例是几页之后，写不下去，且把这一册搁下，又装一册新的，如是而在抽屉里积下了未完成的"著作"好多册。这首先是对于曾祖父的仿效。由于祖父的谆谆教导，柏堂公（即曾祖父）在我们心目中是圣贤人物，他一本一本的著作，合成一大套

《柏堂全书》使我们敬畏。我曾经学着他的《俟命录》来写理学家式的笔记，谈"心"，谈"性"，谈"敬"，谈"诚"……很想立下一个宗旨，自成一家之学。我也很钦仰外祖父，因为他有一整套经学著作，我也想学，曾经着手重编《论语》《孟子》，按照"论仁""论义""论礼"等等类目来将原书重新编过，现在算来，这些都是十二三岁时候干的事，真是好笑得很。

大约也因为年龄毕竟太小之故，对于线装书形式的"著作"逐渐失去兴趣，转而感兴趣于在报纸杂志上发表作品这种现代方式，这就完全是姑母方令孺、堂兄方玮德的影响。他们正活着，不是我们从未见过的已故祖先。他们发表的是白话文和新诗，不是古文旧学。他们发表作品的报纸杂志，是用铅字排印而非木板刻印，是即写即出而非穷年累月才刊刻成书。这些都使我们感到亲近、生动、便捷，胜过"著书"，于是也要在报纸杂志上发表作品了。

不知为什么并未想到向报纸杂志投稿，却想着自己来办报纸杂志，未必是知道自己写的东西太不够水平，小孩子照例没有多少自知之明；也许是出于什么都要自己创造的儿童心理，好像买的玩具枪不想玩，却爱玩自己用树枝削成的枪一样。既要自办报刊，首先就得解决印刷问题。铅印石印不敢想，听说有一种华文打字机，很羡慕，托人打听价钱，原来也贵得非一个孩子所敢望；退而希望有一部油印机，仍不可得；但计划并不中止，最后还有一法，就是手抄。

于是，我和堂弟祚德两人，合办起一种手抄的小报。形式大约是模仿当时县里的正式报纸《桐城三日刊》的，上面却并无新闻，全是文艺作品，作者就是我们兄弟二人。写了些什么，早就忘记了，只记得我们自己用钢笔正楷抄成小报形式，是单面抄写，背面就让它空白着，每期只有一份，读者也仍然只是我们兄弟二人，但我们自己欣赏起来很是得意，不亚于看到了正式印刷出来的成品。大约出了三五期，没有再坚持下去。有一段时间我随母亲住在外祖母家，我同表兄马茂炯又合办了一种手抄小报。我们署的笔名不知为什么竟是鸳鸯蝴蝶派式的，茂炯署"哀鸿"，我署"泪雁"，或者是我署"哀鸿"而他署"泪雁"。其实我们并不喜欢鸳鸯蝴蝶派。我在这份报上，发表了连载系列散文，内容是旅行通讯，有一期上我的文章开头是这样一句："今天我流浪到了黄河之滨。"这是我在两种小报上发表的文章中后来仅能记得的一句了。那时我们已进了初中，我的旅行通讯大约是将本国地理课上听来的东西敷衍而成的。刘心如老师的地理课讲得很生动，常常在课文之外，补充一些风土人情的趣话，讲到某一地时，常常说"昨天我接到某地的朋友来信，信上说那里如何如何"，听多了，我也怀疑他哪有那么多朋友，散在那么多地方，又恰恰在他要讲到某地时给他来信。但是我仍然喜欢听他讲，而且偷了来写我的文章，大概也没有写出很多，这小报也是办了几期罢了。

六十年前的这些事，当然不过是些孩童嬉戏。可是，我平生的主要职业是编辑，自三十一岁起干到退休，业余写些文章发表，出版过几本书，联系着这些回想起来，当年的孩童嬉戏又似乎是发表欲和出版梦的表现，是一生命运的一种预兆。"文化大革命"中，"工人阶级占领上层建筑的一切领域"的日子，知识分子全都成了专政对象，我这样的"牛鬼蛇神"更不必说。那时，我的女儿不止一次问我母亲："奶奶！爸爸小时候，您为什么不叫他当工人呢？"我一旁听了不禁苦笑。我想起那些发表欲出版梦的孩童嬉戏。如果当时我习见仿效的不是这些，而是劳工神圣之事，一生的命运恐怕真是要好得多吧？然而悔已无及了。现在，又是二三十年过去了，我只能以编辑终其身已成定局了，于是我也只好认了，索性把那些发表欲出版梦的孩童嬉戏，记下这么一篇来，或者也是"帝力之大正如吾力之微"之一证吧。

一九九五年一月十八日

我从小有两个情结：一立说，二著书。二者的联系是思索，立说是思索的结果，著书是思索的记录。

十岁左右，我苦苦思索过两个问题：一是生与死问题，一是人与我问题。

我最敬爱的大哥方玮德英年客死北平，噩报飞来，我痛不欲生之余，不禁深思：人怎么会死？一个文采风流映照一世的青年诗人怎么就死了？说他不在了，他又到哪里去了？为什么别的人人都在，唯独他不在了？……想不出结果。

我想着这些想不出结果的问题：熙来攘往的别人各自在想着些什么？我不知道。我为什么只能知道自己所想，不能知道别人心里所想？我的自知为什么只能限于自己一身之内？……也想不出结果。

思索没有结果，书还是要著。找些纸一本一本装订出来，好像已经成了书。上面还是空白无字，就急于探听印刷方法。铅印排版不敢望。华文打字机没见过，听说太贵。蜡版不会刻。街上开了一家石印店石鼓阁，我每晚兴致勃勃地去参观，觉得非常神妙，暗自决定我著的书将来就用石印。

多年以后，我已经出过几本书，有的超过了铅印排版，用上了激光照排。不仅如此，新中国成立以后我一直当编辑，帮别人出书。我的著书情结终于圆满了。

立说呢？当年思索没有结果的还是没有结果。这个情结今生今世恐怕再没有圆满的时候了吧。

二〇〇九年一月十四日

也曾"坐拥书城"

　　我不藏书，不淘书，加上几次毁书弃书，至今没有几本书，可是我也曾经"坐拥书城"。

　　抗战之初，我流亡到四川，高中没有毕业就辍学了，在一些乡村私立中小学里教书，学校规模简陋，谈不到图书设备，顶多有几本大达书局的一折八扣书。这样混了两三年，我的空疏不学可想而知。一九四二年，十分意外十分偶然的一个机会，使我到中央政治学校给黄淬伯教授当助教。该校没有中文系，只有大学各系一年级普遍必读的国文课，简称"大一国文"，黄淬伯教授是这一科的首席教授。我的任务本来说是替他改作文习作卷子，其实习作并不多，而这时该校却要新编一本《大一国文》教材。本来教育部已经出版了全国统一的《大一国文》，可是中央政治学校的国文教师们嫌那个教材不太贴合本校的特点，要另编一本为本校专用。黄淬伯教授召集开会讨论，你提一篇，我提一篇，归纳成目录，其实也无非中国历代名文，和通行的那本《大一国文》差不多少，比较着重"典章制度、经国济民"之文罢了。会场上执笔记录，是我这个助教的事，幸好都还记得下来。然后根据目录进行具体编辑工作，当然更是我这个助教的事。于是专门成立了一个"国文教材编纂室"，这就给了我"坐拥书城"的大好机会。

"国文教材编纂室"设在图书馆的书库里面，一间办公室，以那时的标准论而论，很不算小，我一人用，这还不说。更好的是，这间办公室是将书库后半的空间隔出来的，一个门直通书库，另一个门向外自由出入。整个书库的书随我自由取阅取用，无须任何手续，没有任何限制，可以说这就成了我的"书城"，由我"坐拥"。

中央政治学校在南京时候的图书该不少吧，抗战中临时迁到四川，搬来的书不知道是几分之几，反正在当时，尤其从我这个一直在乡村私立中小学里流转的人看来，已经洋洋大观。我的首要任务编纂大一国文教材，根据教授们决定的目录一篇篇找，上下古今，经史子集，尽管范围很广，门类很杂，结果全从本馆藏书里找到，没有一篇需要外求。我通过这项工作，也把中国基本常用的古籍大致翻检熟悉一番，本来只会部首检字法韵目检字法，这时学会了几种新检字法，如四角号码、五笔字型之类。后来我能开"读书指导"的课，基础是在这里打的。

选文找到，发到教务处抄，抄稿回来，校对过后，便陆续发排，此外没有多少事。行有余力，我把馆藏所有关于《墨子》特别是《墨经》的书统统拿到我的桌子上，进行我的墨学研究和《墨经字义疏证》的写作，当时已知的这方面的著作，也差不多齐备。《墨经字义疏证》就这样完成了初稿，其中两篇发表过。

再有余力，便从馆藏中大量取读了商务印书馆的"汉译世界名著"里的德国古典哲学书和辛垦书店出的汉译法兰西唯物论的书。当时给自己找的理由是，马克思主义哲学继承了这两大遗产，可是未见得继承完了，我们还可以再挖掘挖掘，有没有尚未继承到的好东西。结果写出了《论存在》《论因果》《文法哲学引论》三篇文章发表。现在回想，当时其实已经是不满于机械的"唯物唯心两大阵营"的划分。

图书馆里好像没有什么新文学书，好在我那时也志不在文学，看新文学书上书店看看就够了。中央政治学校的书与我的缘分还是难忘的。

二〇〇五年十二月七日，在北京

初　宴

　　小时候看惯了人家请客宴会的一套礼节程式。首先是送请客帖子。先前是每一个客人各送一份帖子，我看到的时候已经简化，口头上还说送请客帖子，实际上无帖，只用知单，将红纸裁成横长幅，上面写明宴会原因和时间地点等等，一行一行开列出邀请的客人的名单，当然都用尊称敬称，单上的名次也就是宴席上的座次。数日之前，派遣仆人一家一家传送，至少首座的一位必须首先送到，以下或可视路途便利稍有通融。首座客人在自己的名下照例签上"敬陪末座"四字，一以示谦让，二以表示肯定赴宴，盖首座若不赴宴则关系到是否要改期举行，所以他必须表明态度，但首座若要谢绝该如何签，我不知道，大概也很少这种事，以次的客人，只在自己的名下签个"知"字就行。相传有人名列末座，他也签上"敬陪末座"四字，不知是他不明世事，还是有意讥刺，大家当笑话讲。到了那一天，照例没有谁会准时自动赴宴，还得派仆人一家一家登门催请一遍，有不赴宴的，可在此时谢绝。经过催客，这才一个一个慢慢前来，真正开宴，比预定时间总要迟一两个小时

126

了。有的知单上本来就没有写确切时间，只笼统写"午宴"或"晚宴"，自然更便于主客依习惯灵活掌握。至于开宴之时，主人如何一一安席，客人如何逊让（虽座次早定，临时还是要逊让一番，特别是首座一定要再三逊让）。席上主客如何酬酢，宴罢如何离席，最后如何道谢告辞，都有一套讲究，错乱不得，且不细表。

我到了十三四岁，就暗暗希望有一天有请客知单送来请我，使我能够不是跟随大人，而是与大人们平等地参加宴会。怀此望等了很久，还是渺茫，而此望愈切。终于等到了，那是大约十四岁之秋，开始读初中三年级的时候，请客的是一位叶君，二十多岁，已经是一家之主，他与我并非亲戚，平素也并无多少交往，看到他的请客单上居然有我，我真是喜出望外。我的名次在最末，我觉得这是当然的，赶快签上了我的第一个"知"字，得意得很，似乎世界都不同了。好不容易盼到那一天，是星期天，请的是晚宴，我下午就穿戴整齐，临近催客的该来之时，我干脆在大门内的院子里转来转去等候，以便催客的一到我就前去。越等越不来，越望越着急。其实叶家离我家很近，只有三五百步路吧。我想催客总该不照名单次序，该从近处先催吧，为什么还不来呢。莫非也照名单次序催，最后才催到我，那就更急人了。那时丝毫不以为这套礼节程式有什么问题，不觉得举步即到之地，还要这么等人催请，是不是可笑，认为这一切都是应该如此的，完全必要的，愈是一丝不苟地完成了，就愈有意思。

后来催客的当然来了，我也终于顺利完成我的初宴了。但是说也奇怪，从催客的来到以后，就像电影断了片子一样，我怎样前往，怎样入席，怎样终席，怎样告辞，怎样回家，席间吃了些什么，首座何人，同席何人，主客谈了些什么，所有这些，不久我就统统忘了，回想时总是我在院子里转来转去等催客的情景，以下就模糊一片。

我同叶君并未因这一宴而密切起来，后来交往仍然很少，我当然还远不够资格设宴回请他，他家里我也再没有到过，但是，他作为第一个设宴招待我的主人，我是永远记住的。他后来大约忘了这么一件事吧，我至今不知道他那次宴客为什么请到我，大概只是一时偶然的吧。

一九九四年五月二十二日

乡场教育家们

　　抗战后期，我有两三年时间，在重庆附近几个县的乡场上的中小学里当教员。地方都很偏僻，学校都是私立的，往往是新办的。当时四川粮价腾贵，乡场上的土地主们十分活跃：有的广置田产；有的投资工商业；有的扩建房舍；有的增娶姨太太；年轻的"公爷"们上一趟重庆，"滑竿"抬回来，一身新西服，面料很好而样式极土，大声向路上的熟人打招呼。"价钱吗？相应得很。不到两石谷子。"兼有几分雅兴的，便来办学。邀上十几家，各拿一二十石谷子，经费就差不多了。立案有种种方便窍门。校舍尽量利用现成的祠堂庙宇。只有师资需从外面聘请一些，这就给了我们一类知识青年找饭碗的机会。我们不大愿意找那些比较上层的社会关系，打进大城市的公立中学和名牌老号的私立中学去；宁愿靠着青年朋友的关系，互相介绍，彼此推荐，在这些简陋的乡村私立中小学里转来转去。于是，那些年间，这一类的青年，像一股水流，在四川农村里回旋流荡着。这个"流域"有多广呢？我到过的，是江北县的复兴场、悦来场，当时江北县尚非重庆市所辖；还有武胜县的沙鱼桥，离重庆更远了。先后还有人替我活动过重庆、宜宾的学校，我的朋友有在岳池教过的，有在忠县教过的，有在丰都教过的，这些大概都可以说在"流域"之内吧。

我由江北县而武胜县，大致上是离重庆越来越远，简直是"落荒而走"。江北县复兴场的新民小学是好的，可是终于办不下去，大家走散，我已经在别处写过一点回忆了。此外两个中学，使我有幸认识一群乡场教育家，很值得在这里记下一点。

江北县悦来场的大夏附中，是我教过的中学中比较像样的，悦来场也是热闹的大场，离重庆也不太远。但是，大夏大学原在上海，在私立大学中有些名气，抗战期间迁到贵阳，它怎么会远迢迢地在四川这么一个乡场上办起附属中学来呢？我没有仔细打听，隐约听说，这个附中其实同大夏大学没有多大关系，不过是本地几位"公爷"抗战前都在大夏大学读过，有的毕业，有的没有毕业，总之都算是大夏大学的校友。抗战期间，他们便打出母校的招牌，办起这个中学来。可能也曾向大夏大学打过招呼吧，这便有了"附中"的名义，大概申请立案时，比新办一个新的校名的学校省些事，这些我都不太清楚。我只强烈地感觉到，这个学校里，大夏出身的本地"公爷"们是主子，另外几位本地老夫子是被礼遇的宾师，我这样的外省青年在他们眼中根本上就"非我族类"。我尽量小心，不冒犯他们，但是有些事却不能避免。一位大夏出身的什么主任，衣冠楚楚，仪表堂堂，在教师休息室里大谈他在上海嫖妓的经验，最后做出理论上的总结是："她得了钱，我得了快活，两相情愿，公平交易。要说平等，也很平等，我真不懂，为什么说这是蹂躏，是侮辱女性！"他说这几句话时，脸上的淫笑全收，义正词严，末后简直有几分杀气，我觉得他还冷冷地看了我几眼。我曾经介绍学生读《羊脂球》，这位主任是不是听说了？这些话是不是冲着我来的呢？我想，他这种高论确实是驳不倒的，但于我却不大妙，那时说你主张妇女解放，差不多等于说你有共产党的嫌疑。本地的老夫子当中，一位国文教师兼班主任，头裹白帕，鼻架铜边老花镜，手拿长杆旱烟袋，他作为班主任写学生的操行评语时，对于女生，写的都是"骨秀神清""娇小玲珑"之类。还有一位体育教师，好像也是大夏出身的，他教学生在比赛时怎样把对方球员打伤踢伤，而又让裁判发现不了，还在教师休息时夸耀某项某项大比赛中，他教的这些绝技起了什么大作用。

我讲课很谨慎，只讲古诗文。可是学生不知嗅到什么气味，课外爱找我谈，出壁报要我指导。我越来越发现这些都很遭同事们的忌，特别侧目而视的就是那位欣赏女生"娇小玲珑"的老夫子。我想把自己打扮得更像遗少，模仿梅村体作了一首长篇七古，油印出来分送同事。不几天，那位老夫子也作了一首长诗油印分送，半文半白，不文不白，大概是模仿《婉容词》的吧。这是公开同我"较劲儿"了。他起码比我大二十岁，不知为什么对我这样一个后生小辈这样看重。学校当局注意的，侧重在我的交游。我那时还是以朋友书信为性命的年岁，彼此在长篇大论的信上大发空论和牢骚，觉得这比什么都重要。几次接信看信时，旁边有人有意无意地开玩笑："×先生的信真不少呀，是情书可得公开哟！"更触目的是时时有朋友来访，大抵衣服敝旧，头发蓬乱，然而目光炯炯，桀骜不驯，一望而知"非善良之辈"，我向同事们介绍时也编不出什么体面的职业头衔来。没有人直接向我查问，但是那种怀疑的探究的目光，愈来愈多愈明显了。这些朋友常常是突如其来；或是久无联系，间接打听到地址就来了；或是临时有事行旅，顺路方便就来了；甚至有的是失了业，到这里来暂住些时的。（那时我们经常如此，我也不止一次在朋友处度过失业时光，吃他的饭，用他的钱，两人挤在他一张单人床上睡，都是我们之间通行的。）我都无法预先打招呼避免。——其实我也没有真想避免，成天同那些"公爷"们、老夫子们周旋，如果不是时时有些朋友来访，真要闷死了。

同学校当局的关系，不可挽回地坏下去了。表面上没有发生什么，大家见面还客客气气，但是客气之中的冷意敌意，与日俱浓，我是如鱼饮水，冷暖自知的。暑假将近，我料定下学期绝不会得到续聘，果然到了期末考试开始，我还没有接到聘书。期考一结束，我看完试卷，送出分数，立刻打好行李离校。当我手提简单的行李行经那个兼作教师饭厅用的过厅时，校长、主任等人正围坐吃饭，他们满面笑容地招呼我道："×先生，这就走了？一到就写信给我们，把地址告诉我们呀！下学期还要请你来帮忙哩。"我也笑着应诺而去。

这么样地被大夏附中赶出来之后，本想换换职业。转了几个地方，都定不下来，末了还是到武胜县沙鱼桥的私立建华中学去。

沙鱼桥在武胜县是最边远的乡场，与合川县境接壤，我来去都经过合川县城，武胜县城倒是从未去过。第一天走进沙鱼桥场上，只有一条不到两百米长的小街，临街店铺竟都是土墙，茅屋顶多年未换，黝黑破乱，这不但与我到过的悦来场的整齐热闹有天渊之别，就是比复兴场也差多了，那里街上的铺房都是砖瓦房，那是最起码的。沙鱼街乡公所在小街尽头，大门外新贴着一张执行死刑的布告，公然署名的竟是"乡长×××"，这更加使我目瞪口呆。我见过乡镇长伤天害理，无恶不作的，但是我知道，无论按当时的什么法，署名出布告杀人之权，乡镇长是没有的。面对这张布告，我懂得了我是来到了一个什么样的黑暗王国。

沙鱼桥原有一所私立建华小学，在小学的基础上办中学，刚刚招了一班初中一年级，用现在的话说就是"戴帽儿中学"。原来的小学校长大约不够资格当中学校长，只是兼任中学训育主任；而中学另有校长，他并不到校，在武胜县政府当秘书。中学事务说是由教务主任实际主持，这个主任就是友人何剑熏，他也是经别人介绍来的，而我和友人王世焕又是由何介绍的。教员住的是旧的地主房子，我们三人住很小的里外间，何剑熏住里间，有地板，有一方极小的窗；我和王世焕住外间，没有地板，没有窗，开了门才有光，而且两人共睡一张床。这些我们并不在乎，只是苦于没有钱买香烟。何剑熏吸水烟，我和王世焕可以分享，但总觉得不够过瘾，只好隔三两天，乘没课的下午，走里把路到那个荒凉破败的场上去，那里的香烟可以一支一支地卖，两人共买一支，回校路上轮流着你吸几口，我吸几口，谈着笑着很高兴，可惜总是没望见校门便吸完了。

先前在大夏附中，我推测校长、主任等人都是拿出谷子来办学的，但推测而已，他们自己并未表白过。建华中学可不同了。小学的校长、主任和几个主要教师都在中学兼课，也都兼有"校董"的身份，第一次见面便这样郑重介绍过，后来"某某是校董"这样的话也常在口头出现，并且常常把"校董"错说成"股东"；很清楚，我们几个外来的教师不过是雇佣来的伙计。他们那一副"东家"神气，使我们常常戏称校名为"建华小学附属中学"。

吸取大夏附中的教训，我十分注意避免和他们冲突，但是，冲突之来仍然不可避免，真是所谓"不以人的意志为转移"。导火线是体罚学生的问题。当时别的中学里早已经没有这个现象，这里却是每天降旗礼时，把这一天"犯规"的学生叫出来。面对全体同学排成一小列，齐匝匝地平伸出一排手掌，而以长竹板逐个打之，或一阵风似的横扫之，操场便成了"朴作教刑"的"刑场"，总是由小学校长兼中学训育主任兼校董的那位先生亲自行刑。我们的宿舍离"刑场"很近，每天下午那以竹击肉之声，清脆可闻。众声俱寂以后，说不定空操场的角落里，还有几个"犯规"女生在罚站，这里是尊重女权的，竹板不打女生，只是使她们权作"向隅而泣的可怜虫"罢了。我们只好在讲课时想法插进一些泛泛之论，说体罚不合现代教育原则，也不符国家政令，等等。他们的情报很快，上午我们发了这些议论，下午打得就更多，打声就更响。几次之后，那位训育主任在一个会上发出公开宣言了，他说："蒋委员长提倡军国民教育，我们这里已经实行。犯了规，军队里是要打军棍的，学校可以轻一点，手心就是要打，将来还要罚禁闭哩！"从此他们向我们发动了反攻，我们课上课下，一言一动，往往受到他们背后的攻击。一次学生出壁报，一定要我们给稿子，何剑熏从刚刚接到的一本英文刊物上，译了一首小诗应付，不过七八行，记得大致是：

> 我恨花，
>
> 我恨柳条，
>
> 我恨傻气的鸟群的啼啭，
>
> 我恨婴儿，
>
> 我恨含羞低垂的粉颈，
>
> 我恨一切女性和男性，
>
> 比一切更多的，
>
> 我恨春天。

这有什么呢？不过是厌世主义的小小的俏皮话罢了。不料引起一场暗潮，那些兼"校董"的教师说这是骂他们的，用了索隐派的方法，纷纷对号入座，谁是花，谁是含羞低垂的粉颈……讨论得很紧张，要向何剑熏公开问罪。大约索隐的方法不太理想，对号入座不能取得统一的意见，问罪没有实行。接着照例是杀手锏使出来，要向县党部密告我们是"异党分子"了。

风声我们是听到了，毕竟没有证实，总不能立刻潜逃吧，只好一面到处写信，请人帮忙介绍下学期的职业，一面稳住，照常教书，改卷子，考试……看来他们也只是放出空气来恫吓，或者密报"异党分子"的手续也不太简单，表面上对我们还是客客气气。学期将尽，举行盛大的校庆，还是彬彬有礼地请我们参加，这样我才有幸认识了校外几位股份更多的大"校董"。那些都是本地的土头土脑的"绅粮"，其中一位奇人，居然曾经做过十天皇帝。原来辛亥革命的混乱时期，他就在本地拉起一帮人，自登龙位，自立国号，大封文武诸臣，十天后局面澄清了，他又悄悄地退位了，也没有谁再追究。现在他可是又老又胖，没有两个人左右搀扶，便一步也走不了，一坐下来便打瞌睡。聚餐时，摆出二十多席，我从我们的席上，遥望皇帝坐在中间最显贵的一席，仍是左右各一人喂他吃喝，一停下来他便瞌睡过去，推醒了又接着喂吃喂喝。我本是滴酒不沾，但是同事们闹酒闹得厉害，那位军国民教育家特别向我殷勤劝酒，忽然我连喝了三满杯。我意识到自己站起来，拿起我坐的木凳来，用力向着皇帝那一席掷去……至今为止，这是我一生中唯一一次醉酒。不久放寒假，我们打起行李走路，这回离校时的情形怎样，有谁相送，一点也回忆不起来了。

从此我离开那些乡场中学，告别了那些乡场教育家。年月一久，有时自己也怀疑起来，这些究竟是真事，还是我的幻梦。现在赶快记下来，免得完全糊涂了。

一九八七年八月三十一日

忆武库街

一九四五年抗战胜利，次年"复员"出川，已经三十二年了。我常常想，如果有机会重游重庆，第一天，便要到武库街去看看。

抗战时期的武库街，已经改名民生路，但大家口头还是叫惯了旧名字。几乎所有书店都在这条街上，只有商务印书馆在白象街，也近得很。我在四川八年，大抵总是在重庆附近一些乡场上教书，每次进城，尽管来去匆匆，还是把大部分时间花在这条街上。特别是一九四〇年夏秋几个月，失业流浪在重庆，更是每天从早到晚都在这条街上的书店里度过。

武库街上的书店，明显地分成几类。

生活书店，新知书店，读书生活出版社，这些党所领导的进步书店，永远是从早到晚挤满了青年顾客，衣败履穿，蓬头乱发，然而目光炯炯，桀骜不驯，看书的比买书的多。书是一律放在两边靠墙的架上，摊在当中的长桌上，任人随意取阅。宣传马克思主义哲学、政治经济学、社会科学的书刊，宣传党的抗日救国理论和纲领的书刊，以及以左翼作家为主体的抗战文艺书刊，利用抗日民族统一战线的合法条件，都可以在这里公开出售。这些书店还进行多种形式的宣传工作，新知书店门前就经常展览新闻图片，铁托元帅带着他的大猎狗的照片，我就是第一次在那里看见的。

商务印书馆之类，又是一个样子。书都锁在玻璃柜里。气氛雅静，有些沉闷。顾客都是服装整洁、神态安详的中年人和老年人。我也偶然去看一看，立刻觉得这不是我的地方，再看周围，果然一个青年人也没有。

国民党官办的正中书局、拔提书店、中国文化服务社之类，说它们门可罗雀，丝毫不是夸张。我从它们门口经过无数次，至今怎么也想不起有顾客在里面看书买书的印象，只记得老是看见几个店员百无聊赖地靠着柜台向门外眺望。有一晚，我竟然看见他们在玻璃书柜上打乒乓球，擦得明晃晃的玻璃柜，一排排整齐的书，在重庆的昏黄的电灯光下，越发显得寂寞。

三大类书店之外，还有很特殊的一家，就是《新华日报》门市部。那里顾客也少，因为人们不大敢去，但毛泽东同志的《论持久战》《论新阶段》，延安解放社出版的书，这些都只在那里才能买着，因此往往又不得不去。去时总是假装偶然经过，暗暗看清楚门前似乎没有特务模样的人，才一下子闪进去。在里面尽量不逗留，不看别人，买好书，藏进口袋，再闪出来，装作若无其事的样子走开去。其实大家都知道，附近绝不会没有特务监视。但估计一般情况之下，单是去买买书，也许还不会出太大的问题。反共高潮一来，那里可也就是门可罗雀了。那里的店员，一看就和一般店员不一样，不论什么时候，都是战士在岗位上一样的严肃，对每一个进来的人投以警惕的一瞥。一九四〇年春间，我在宜昌时，《新华日报》宜昌代销处一个青年，也是这种经常保持严肃和警惕的样子。我便以一个素不相识的顾客的身份，信任地把投给《新华日报》的稿请他转交。当时虽有朋友警告我，说那只是代销处，政治上未必可靠。但不久，投的稿便在《新华日报》上发表出来，我也并没有因此遭到什么灾祸。

进进书店，就有遭祸的可能，今天常去新华书店的青年读者们，大概是很难想象的。但在三四十年前，在国民党的黑暗王国里，进步书刊的光芒怎样发挥不可抗拒的威力，今天的青年读者们恐怕也很难想象。

一九三八年我从安徽宿松随家庭逃难，经过九江、南昌、株洲、衡阳而至桂林，后来又经柳州、贵阳而至重庆，每到一个城市，哪怕只住一天两天，我都首先去找生活书店或其代销店，站在那里，一本一本地看，不厌重复，不论深浅，碰到就看。一九三八年这些城市是否全都有了生活书店，现在说不准；但当时这些城市的书店里，全都找得到生活书店和其他进步书店的书，却是清清楚楚记得的。不管所到的城市再陌生，只要一找到这些书，就像那个为我所一心向往的光辉的世界，也在这陌生的城市里出现了。那时湘桂铁路还没有全通，我们在衡阳等车去桂林，住了十天，我就天天待在书店里，后来曾有诗句回忆道："经旬淹滞惟摊卷。"除这以外，关于衡阳的一切，全没有留在记忆里。

遗憾的是，没有钱买书，只能站在书店里看，而能够这样看的时间又有限。匆匆经过的城市不必说，便是桂林，虽然一九三八年下半年住了几个月，但为了吃饭，在一个机关里当了一名抄写员，每天八小时关在办公室里，也没有时间常跑书店。《资本论》的出版，是我在桂林时候读书界的一件大事。这样的书，实在不可能站在书店里看，便咬咬牙挤出钱买了一套回来。这是我所有的第一部大部头的名著，那纯白封面上一条红道，我是怎样地百看不厌呀！我一下班就打开书来啃，啃到"地租论"，实在有些啃不动，带着它到了四川，后来是连同一小箱在当时都足以招致杀身之祸的书一起忍痛烧掉了。如果有足够的时间让我在书店里看，这些书都不会咬牙挤出钱去买的。

一九四〇年夏秋几个月间在重庆的失业流浪生活，终于弥补了这个遗憾。

当时我除了一小包衣服、一条薄被而外，一无所有。住在一间小楼房里，房顶在大轰炸中震开一个大洞，仰面可见天空。室内只有一张破桌、一条破凳。人睡在楼板上，遇到"巴山夜雨"，可就毫无诗意，只好把薄被卷起来放在破桌上，人坐在破凳上等天亮。后来搬到两路口附近，房子较好，夜雨不必担忧。这是一个亲戚租的，他们躲轰炸疏散下乡，仍然保持着租赁权。屋内连破桌破凳都没有。而且那一片房屋都没有居人，路灯也停了，整个区域夜晚一片漆黑。我就一个人睡在这没有灯没有人的区域的一座空楼的空荡荡的地板上。

一个十八岁的青年，对这一切都不会在乎的；单凭憧憬和追求，就能够高高兴兴地活下去。还住在那间抬头可见天空的小破楼上时，我就曾幻想一面靠投稿换来生活费，一面在书店里读书，就这样活下去，不必找什么职业。当时的《读书月报》上居然刊用了我的一篇投稿，得的一小笔稿费，维持了好多天的生活。但其他投稿都没有发表，吃饭的钱还得另行设法。当时重庆还有几个穷朋友、穷同乡，我轮流着向他们每次借几毛钱，够吃两顿烧饼或"豆花饭"的，就足够在武库街上消磨一天了。总是从生活书店开始，一家一家看过去。每进一家，先浏览一遍，如果有什么昨天还没有摆出来的新书刊，便拿来翻阅一下。然后，拿起昨天决定要读的，从头仔细读下去，一本读完又读一本。有些太大部头的书，现在记得的例如葛名中的《科学的哲学》，老站在一家书店看，自己似乎也不大好意思；看到一个段落，便记住页码，换一家接着看，好在几家进步书店卖的书都是大同小异的。那时兴趣全在理论，文艺书刊不大看。但对文艺毫无轻视之意。凡在这些书店出售的书刊，凡是这些书刊的作者和编者的名字，不管读过没有，我一律崇敬地看熟记牢，把他们都当作自己的引导者。例如，沈志远这个名字，在我当时心目中就有特别的分量。先前，我学哲学的第一部分，就是他翻译的米丁的《辩证唯物论与历史唯物论》。现在，我又无限景慕地读着他主编的大型理论刊物《理论与现实》。抗战前的《东方杂志》《小说月报》我读过，但从抗战爆发以来，《理论与现实》这样每期厚厚一大本的刊物，我还是第一次接触。何况那上面的几乎每一篇文章，都是稍一翻看，就那么强烈地吸引着我。不行，这不能光是站在书店里看看！于是从借来的几毛钱中，每天少吃一顿，或每顿少吃一碗，省出钱，把它买回来。

挟着这样买来的《理论与现实》，从武库街快步走回两路口，在那一片黑暗的区域里摸索着进门，上楼，点起蜡烛，睡在空荡荡的楼板上，就着烛光读起来。那些理论文章，似乎每一句都解决了我正要求解决的问题。举一个例子：当时正讨论孙中山的三民主义和社会主义的关系，讨论三民主义中最革命的部分究竟是民生主义还是民权主义。钱俊瑞同志主张是民权主义而不是民生主义，实际上就是说，中国革命从民主主义阶段向社会主义阶段发展，必须依靠人民群众的充分发动。另外有的同志强调民生主义的革命性，钱俊瑞同志却指出，孙中山的民生主义，是"望远镜中的社会主义，显微镜下的资本主义"。我读到这个警句时的兴奋心情是难以形容的。我不仅是佩服这位理论家，更由此想到，马列主义的威力真是无比巨大，有了马列主义，这么复杂的问题，一句话就这么精辟地说得清清楚楚。关于"民族形式"问题的讨论文章，也在《理论与现实》上发表，我都仔细读了，却没有怎么弄懂。

这样的夜读之乐，并不是天天能享受。因为蜡烛必须十分节约地使用，通常总是稍微看一会书，就把它熄掉。睡不着，便躺在空荡荡的楼板上，听着老鼠在什么地方驰骋，有时竟跑到我的枕边。我还是思考着书刊上讨论的那些大问题，觉得这些都同我有关，都必须得到明确的解决。

偶或多借到几毛钱，那就是我充分享受夜读之乐的时候了。两顿饭照例还是烧饼或"豆花饭"，多余的钱并不留到明天用，而是多买两支"僧帽牌"蜡烛，再买两小包辣牛肉干。我就躺在楼板上，尽情地点着蜡烛，慢慢嚼着辣牛肉干，完全沉浸在心爱的书刊里，直到很深很深的夜。第二天将近中午才醒来，又兴冲冲地赶到武库街去，索性免去午饭，一直看到下午肚子咕咕叫，才去吃一顿。

我不知道当时书店里人们的眼中，我是什么一个形象。我看他们，都很顺眼，就是说，没有一个衣服笔挺、皮鞋锃亮、红光满面的人。经常站在武库街几家进步书店看书的青年，大体上都是衣败履穿，蓬头乱发，然而目光炯炯，桀骜不驯的。间或有点"非我族类"的气味的人走进来，马上就会受到大家警惕的注视。如果他也流连不去，大家就会望望然而去之了。但如果他进来一看就走，同样令人猜疑，给书店带来异样的空气。

当时和我一起站在那几家书店看书的青年，今天不知都在哪里。他们应该都还记得生活里的这一段，记得当时国民党统治区每一家进步书店就是一个战斗堡垒的事实，并且不管后来的经历和遭遇，不管作者和读者的情况如何千变万化，应该都怀着感激的心情回想当年那几家书店的那些用粗劣的土纸印刷的书刊。至于我自己，四十年来马列主义的书根本没有读懂，到今天马列主义的基本常识我还是一窍不通，但我仍然很宝贵这一段回忆，因为我相信，当时和我一道站在书店读书的青年，绝大多数肯定是从那时起，真正走上了马列主义的道路。不管怎样说，路就是这样走过来的。

生长在光明中的青年，常常说："黑暗的旧社会。"一点不错，旧社会是黑暗的。但光明的新社会又是怎样来的呢？它不是天上掉下、天外飞来的，而正是黑暗的旧社会中千千万万人争取来的。谁如果不了解任何黑暗之中，都有千千万万追求光明、争取光明的人们，谁如果不了解正是在抗战时期黑暗统治中心的重庆，就有着红岩，有着曾家岩五十号，有着化龙桥，有着武库街，有着武库街上几类书店的鲜明的对比，有着几家进步书店所教育过引导过的千千万万青年，有着《新华日报》门市部的那些严肃而警惕的店员和紧张而警惕的顾客，谁就没有真正懂得什么是黑暗的旧社会，更没有真正懂得什么是光明的新社会。

在祖国的茫茫大地上，区区一条武库街，是微不足道的。比起今天北京王府井大街上的巍峨的新华书店大楼，当年武库街上那几家进步书店都是简陋不堪的。然而三十二年来，我忘不了它们。经过"文化大革命"，我更要套鲁迅先生的话来说：我总要上下四方寻求，得到一种最黑、最黑、最黑的咒文，先来诅咒那些捏造所谓"三十年代出版黑线"，来诬蔑生活书店等国统区进步书店的家伙。即使人死了真有灵魂，因这罪恶的心，应该堕入地狱，也将绝不改悔，总要先来诅咒一切诬蔑国统区进步书店的家伙。

一九七八年冬至日

　　如果说，人们爱自己的故乡，往往只是因为它联系着儿时的记忆，那么北京对于我就有着故乡的情分，尽管我的籍贯并不是北京。

　　我有生以来的第一个记忆，就是二十世纪二十年代的北京天安门（也许是新华门）前，不知是秋还是冬，寒风萧萧，荒草离离，我只有两三岁，抱在保姆手上，跟着母亲从那里走过。忽然我哭着闹着要"何何"。那是指外祖父家的厨子何二，他会逗小孩子玩，我喜欢他，但是我话还说不清，就只会叫他"何何"。保姆大约说了不少解释的话，例如说"何何"不在这里，或者还说了不少推延的话，例如说回家去再找"何何"之类吧，仍然止不住我的哭闹，于是她一面抱着我走着，一面慢声帮我呼唤着："何何，何何，快来哟！小毛毛要你哟！何何快来哟！"听了她这几声呼唤，我忽然感到一种彻骨的伤心，我忽然清醒地懂得了："何何"是不会来的，保姆的呼唤是骗我的，我的哭闹是无用的。母亲和保姆大约高兴我停止了哭闹，她们哪里会知道一个还不会说话的孩子，竟会有这样难以言说的彻骨的伤心呢！长大以后，曾经问过她们二位：那次是从哪里到哪里去？为什么会在寒风萧萧之中步行过天安门（也许是新华门）前？她们一点也记不得了。我却是终生难忘，至今不愿听安慰的话，也不会安慰别人，总觉得安慰里面多少含有欺骗的成分，这还不是指虚伪的安慰而言，倒是真诚的好心的安慰，往往反而欺骗得更残酷。

我的籍贯是安徽桐城，出生也在桐城，可是一岁时母亲就带我来到北京，住到七岁。我一直没有问清楚，所谓一岁，究竟是一周岁已满，还是未满。就算是满了周岁吧，桐城当然也不会给我留下任何最初的记忆。只听母亲说，我生后几个月，一场急性肺炎（当时谓之抽风），几乎断送了小生命。县里几位名医都请来了，都不肯开药方了。小棺材也买下了。最后请了一位医道声誉很不高的小周四先生来，"死马权当活马医"。不料他的一剂药灌下去，我立刻有了转机；再接着吃他的药，很快便痊愈了。母亲将我许给他做义子，以报救命之恩。他一时之间，声誉顿起，门前求医者日多。可是他的医道似乎毕竟不高明，医好我以后据说再也没有什么好成绩，他的门前不久又萧条下去了。有人说他是歪打正着，偶然碰巧。有人说我是命不该绝，必然有救。总之这是我生命史上第一个事件，可是完全得之于母亲的传述，我自己头脑里并无任何感性的影子。就连我的那位有救命之恩的义父小周四先生，我也至今不知他是什么样子。我七岁自北京回桐城以后，不知他是否已不在人间，反正没有人带我去拜见一次。

这样，我七岁以前的全部童年的回忆，就都是同北京相联系的了。那是北洋政府统治的末期（约自一九二三年至一九二八年），我的外祖父马通伯（其昶）先生以桐城派大师的身份，住在北京，头衔不少，有清史馆总纂、参政院参政等等。以他为中心，他的几个儿子几个女婿，也就是我的几个舅父几个姨父以及我的父亲，先后集中到北京，有的在机关学校有个中等职务，有的似乎只是闲住。还有我的两位伯父、三位姑丈这时也在北京。我的父亲从日本留学回来，任教于北京大学预科，在北京同我的母亲结婚。据说因为是新式婚礼，来宾中又有陈独秀、胡适这两个新派领袖人物，惹得外祖父不痛快，不肯参加婚礼，派了我的一位舅父即我母亲的弟弟，代作女方家长。我的父亲其实也并非新派人物，他和陈独秀、胡适只是私交的关系。在文言与白话的论争中，他是赞成白话而并不积极的。一九一七年他在《新青年》第二卷第二号的《读者论坛》中发表一篇《我之改良文学观》，一方面赞成"白话文学为将来文学正宗"，一方面又不赞成"今日即以白话为各种文学"，主张"姑缓其行"，主张今日只要"作极通俗易解之文字，不必全用俗字俗语"。郑振铎先生为《中国新文学大系》编《文学论争集》，选了我父亲这篇论文，并在《导言》里举出它来作为"折中派的言论"的代表。就文论文似乎是可以这样说的，但是，《新青年》编者陈独秀在文后所加按语中并不是这样看，相反的，他说：白话文学的推行，要待有比较统一的国语，要有一部国语文典，要有许多著名人物用白话著书立说，必须先有这三个条件，所以"兹事匪易，本未可一蹴而几者"。可见他当时也并未主张"今日即以白话为各种文学"。原来当时陈独秀、胡适等先进人物，一面倡导白话，一面并没有下决心立即促其实现，后来是运动的客观进程反转来推动先进人物向前走。《新青年》第二卷第五号发表了胡适的《文学改良刍议》，第二卷第六号发表了陈独秀的《文学革命论》；但是这两篇名文本身仍是文言文，以后《新青年》各期也仍然是以文言文为主，只偶尔有一点白话翻译的小说剧本，几首白话诗。直到第三卷第三号，才有读者来信建议"即白话论文亦当采用"。第三卷第五号发表了陈独秀的《近代西洋教育》，才第一次发表了白话的论文。至于《新青年》上以白话文章为主，则更在以后，大致是从第五卷起的。这样看来，发表在第三卷第二号上的我父亲那种主张，在当时又未必能算很典型的"折中派"了。（附带说一下，郑振铎先生在这篇《导言》里，不知怎么把我父亲的名字方孝岳错成方"宗"岳，而正文和目录此篇题下明明都署的方孝岳，并没有错。后来又有人说到我父亲的一部著作《中国文学批评》时，也把作者的名字错成了方"宗"岳，实在巧得很。）由于当时家族的重心是在北京，所以我母亲回桐城分娩，生了我，到我一岁时又带我到了北京。等到我七岁时，以外祖父为中心的几房人忽然同时离京，有的回桐城，有的到南方其他城市；其时我的父母已经分居，我母亲也就带着我结伴回乡了。那一阵纷纷离京，显然同蒋介石建立了南京政府，北洋政府统治的结束带来了北京政治地位的改变有密切关系。

上述背景当然都是长大以后逐渐了解到的。至于后来能够直接回忆的，实在都是极其零星，不成片段的。甚至在北京时的外祖父，记忆里也毫无印象，记得的只是他在桐城家中坐在书桌前的模样了。大概是我到他书桌前玩，看见桌上有一片玉制的藕片，表示出欲得之意，外祖父就把那片玉藕给了我，我也知道这是比较珍贵的东西，便留下了深刻的印象。

据说我们在北京不止住过一处，我有些记得的只是最后一处：府右街。一个晴朗的下午，一位长辈到我们府右街寓宅来，送我一个小皮球。我不会拍，他拍给我看，我看得着迷，觉得小皮球不是自己跳上来的，简直是拍球的人手上有什么吸力，吸着小皮球跟着手上来的。这是我关于府右街寓宅的第一个记忆。那穿窗斜照的晴午的阳光，那张比我高的吃饭用的方桌，不吃饭时靠墙放，一边一把椅子，那位长辈就坐在桌旁拍皮球的样子，至今都还历历在目；当时印象自然更加深刻，以致后来再看别人拍皮球，总觉得没有那位长辈拍得好。我自己学拍皮球，也总想学到那样好，不止一次认真地向人求教："怎样才能叫皮球粘着手起来？"每次别人都说不知道，使我一再地失望。

府右街北口路西，有一所培根小学（五十年代还是这个名字，不知何年起改为府右街小学，迄至现在，校门的样子大致未改），我六岁至七岁——按周岁算就是五岁至六岁时，在那里读了小学一年级。语文第一课是："狗，大狗，小狗，大狗叫，小狗跳……"每天下午放学，排好队，唱着歌回家，唱的是："功课完毕太阳西，收拾书包回家去。见了父母行个礼，父母见我笑嘻嘻。"小小的队伍在府右街路西人行道上由北而南地行进，看着斜照在对面路东人行道那边的夕阳，还真能领略歌词里"功课完毕太阳西"那一句的那么一点欢快而稍有阑珊之感的意境。表兄马茂炯和我同班，每天同来同去。同班同学中至今我还记得两个名字：黄森林、王玉同，大约是比较要好的吧，模样却是完全忘掉了。级任是一位女教师，来我们家访问过，当时印象比在教室里看见她深，现在眼前还有一个朦胧的影子。

与府右街寓所、培根小学有关的回忆，就是这么两件，此外的更零碎了。有的背景是北京的不知什么街头，有民间艺人在玩木偶戏，当时我跟着大人叫它"扁担戏"。因为他是一个人用扁担挑着戏箱和"戏台"走街串巷，找好地点表演时，用扁担撑起小小的"戏台"，围以简陋的帷幕，人躲在里面，手举木偶露在帷幕的上沿，做出种种戏文，人在幕中替木偶说话，做音响效果。那时北京街头常能见到，我最爱看，每次遇着便不肯放过，怎么也舍不得走。我自幼不是贪玩的孩子，为什么这样酷爱"扁担戏"，母亲同别人谈起时常常奇怪。其实小孩子总会喜欢什么热闹，并没有什么可奇怪的。如果我后来是个戏剧家，是个演员，这当然能说成我自幼就有这方面的兴趣的"萌芽"，可惜拉扯不上，到底无非是小孩子爱热闹罢了。

有的回忆的背景则是北海。从府右街到北海那么近，母亲总该带我去过不止一次吧，可是我后来有印象的只有一次。那是在小艇上，不记得哪几位大人带着我，也不记得是谁在划。将近五龙亭时，我这小艇上的大人和对面来的一个小艇招呼起来。我一看，那个艇上划桨的正是我最怕的人——姑丈邓仲纯先生。他是医生，给我打过一次什么注射针，大约很有些痛吧，从此我就把他当作最可怕的人。保姆也常常拿他要来给我打针威胁我做什么不愿做的事，更增加了我对他的恐怖之感。我看见他以熟练的姿势优雅地划着双桨，笑嘻嘻地大声同我这边船上的大人搭话，不像会跳过来给我打针的样子，稍微安心一点，仍然紧张地盯住他的一举一动，听见他说他们是从五龙亭划过来的，这是我第一次知道那五龙亭的名字。长大以后，逐渐知道，我这位姑丈清朝末年就到日本学医，回国后一直以医为业，是中国西医界的老前辈。当时他在北京的职务，我不知道。一九三四年他在青岛山东大学担任校医，郁达夫这年游青岛，作《青岛杂事诗十首》，其中第五、第六两首就是送给邓仲纯先生的。第五首云："京尘回首十年余，尺五城南隔巷居。记否皖公由下别，故人张禄入关初。"自注云："遇邓君仲纯，十年前北京邻舍也。安庆之难，蒙君事前告知，得脱。"《郁达夫诗词抄》（浙江人民出版社1981年版）编者按云："一九二四年作者在北京大学任教时与邓邻居。一九二九年秋，作者应安徽大学之聘，赴安庆任教。到校后不久，为当时安徽省教育厅长程天放所不容，被列入赤化分子名单，企图陷害，幸邓及时通知，得脱。"我还知道邓仲纯姑丈在安庆时冒着危险掩护过另一个重要的地下党工作者，可见他是同情革命人士的。我最后见他是一九三九年在四川江津。新中国成立初期，听说他在青岛一个市立医院当院长，约于一九五九年在青岛逝世，追悼会在北京嘉兴寺殡仪馆举行。我接获通知时有特别的感动，其时我已是"右派"，不复齿于人类，这个通知表明还有人以正常的亲戚之礼相待，于是我带着这一点"人的价值"的自我感觉，赶到嘉兴寺去向姑丈的遗像做了最后的敬礼。三鞠躬以后，转过身来，我暗吃一惊：怎么一个活生生的姑丈就站在我的身后？但马上冷静过来，知道这是姑丈的弟弟——前辈美学家邓叔存（以蛰）教授，虽然从未见过，但此时此地，长得和姑丈那么相像的人，不是他还能是谁呢。

邓仲纯姑丈当时在北京与郁达夫"尺五城南隔巷居"的寓所，我肯定曾由大人带去过，但已经毫无印象了。另一位姑丈姚农卿先生当时的寓所，在西城辟才胡同四条，却成了我关于当时同在北京的亲戚寓所的仅有的记忆。其实也朦胧得很，只记得是一个大四合院，有抄手游廊，一次在他家正遇下雨，小孩子们绕着游廊跑来跑去，总淋不着雨，大家都高兴极了。至于"辟才胡同四条"这个地址之所以能记得如此清楚，则是后来的事。因为姚农卿姑丈家一直留在北京，辟才胡同四条的寓所比较宽敞，姑丈忠厚诚笃，姑母方孝姞在她兄妹中是受人尊敬的长姊，对于我这一辈更是德高望重的长姑母，家族中常有人到北京去，总住在辟才胡同四条，甚至有住上半年一年的，所以常常听到这个地址，十分耳熟，姚农卿姑丈清末留学英国学采矿，民国初年学成回国，前后七年，但在旧中国似乎很少有真正用其所学的机会。沦陷期间，姑丈仍留住北京，拒绝了各种引诱，不到敌伪机关学校任职，宁可开私塾口，再也住不起辟才胡同四条的房子，新中国成立初期我到屯绢胡同拜谒，看见他们只住了两小间简陋的南房，萧条得很了。新中国成立后，姑丈被聘为中央文史研究馆馆员，与姑母都以八十多岁的高龄在"文革"中逝世。遗憾的是姑丈逝世时，我还在"牛棚"，行动没有自由，相距咫尺，竟未得参加丧礼。

话说回来，儿时关于北京的记忆，就是上面这么几个片段，除了培根小学的一段外，大概都是很小很小时候的，所以都只限于同小孩子的喜爱和害怕密切相关的。这些片段其实都很平凡，并没有什么特别美好特别幸福的。可是，它们就紧紧地系住我的心，使我总是特别关心一切有关北京的事。长大以后，更是不断从鲁迅的一切北京时期的和以北京为背景为题材的作品中，从鲁迅北京时期的师友的回忆中，从周作人一切与北京有关的作品中，从朱自清的《荷塘月色》中，从俞平伯的《陶然亭的雪》中，从"五四"时期一切住公寓的青年写出来的和描写住公寓的青年的作品中，从丁玲的《莎菲女士的日记》直到齐同的《新生代》和杨沫的《青春之歌》中，从老舍的几乎全部的小说中，从何其芳、卞之琳、李广田的《汉园集》和林庚的《北京情歌》中，又追溯上去，从《孽海花》《官场现形记》《二十年目睹之怪现状》等书关于北京官场、名士、妓院的描写中，从徐凌霄、徐一士、瞿兑之等所谈的北京掌故中，从各种有关北京历史风土的考证、笔记、竹枝词中，从张之洞、盛昱、宝廷的诗篇中，乃至从陶菊隐的《北洋军阀统治时期史话》之类的著作中，从张恨水的《啼笑因缘》之类的小说中……总之从一切可能的途径，也包括抗战期间听一些从北京逃难到四川的朋友闲话北京的途径，最广泛地搜集和积累一切有关北京的知识。从七岁离开北京，到一九五三年移家北京，中间虽然隔了二十多年，可是这样积累起来的知识，不妨说简直可以填补这二十多年的空白，我觉得对北京熟悉极了。借用术语来说，大概就是把大量的

"信息"附着在我心目中的北京之上了。

从一九五三年移家北京，至今已三十年。近几年，有些外省友人劝我设法调到外省去工作，保证可以改善我的宿舍条件。我感谢他们的好意，相信他们的保证，但是举出种种理由谢绝了，例如说北京有哪些优点，而且宿舍不久也可以调整，等等。其实，这理由，那理由，都不是主要的。最主要的只是一句话：北京是我"歌于斯，哭于斯"的地方，于我有故乡的情分，我不想离开它罢了。

一九八三年十月十九日

我对读经呼声的警惕

民国教育废止读经以后，读经的呼声几度再起，都没有什么结果。时至二十一世纪，这个呼声又起。据报刊报道，社会上已经开办有专门读经的私塾，学童还要穿长袍，套马褂，戴瓜皮小帽云云。

我是读过经的。我在家塾里读"四书""五经"，是七十多年将近八十年前的事。"四书"通读过，《诗》《春秋左氏传》《孝经》通读过，《易》《书》《礼记》选读过，其他没有读，主要的已经差不多。凡读过的，都听过老师讲解，经过熟读背诵，反复背诵到十多遍。这样的读经生活度过了几年，然后进了学校，读过的经从此告别，可是也不是完全白读，现在回想起来颇有可说。

我在读经的同时，课外有机会泛览中国新文学书籍，"五四"以来各个流派的代表作大概都读到。比起来，经书的枯燥无味，还是其次。更重要的是，不管哪一派新文学，多少总有些进化论气味。我受了这个熏陶，对所读经书里的历史观文学史观，越来越怀疑，反感。经里面告诉我：世上芸芸众生都是愚氓，从吃饭穿

155

衣，到安邦定国，都不能没有圣帝明君来教导，来管理。上古的圣帝明君多，唐、虞、夏、商、周是人类的黄金时代，所谓"尧天舜日"。可惜周室东迁以后，乱臣贼子横行，周纲陵迟，礼坏乐崩。孔子出来，力求恢复那个黄金时代，恓恓惶惶，周游列国，终于不得行道，退而删诗书，订礼乐，作春秋，以此讲学教士。这些原来都是官书文档，孔子拿来整理过后做教材，就成了后世所尊崇的"经"。《书》的核心是《尧典》《舜典》《大禹谟》，记载着尧、舜的德化和大禹的功勋。《诗》的首篇《关雎》就是歌颂文王之化，《周颂》《大雅》更是颂歌。《易》是周文王演述的乾坤妙理，第一个"乾"卦讲的就是圣帝明君如何从"潜龙"到"飞龙"而不要弄到"亢龙有悔"的政治哲学。《春秋》大义就是"尊王"。《礼》是周礼。后世儒生读这些经的目的，就是要继承孔子的遗志，力求置身廊庙，致君尧舜，帮助皇帝做成好皇帝。尽管好皇帝越来越少，暴君庸主史不绝书，"尧天舜日"一去不可复返，但有皇帝终归好过没皇帝，大家只好在倒退着的历史中这么过。

倒退着的历史中，文学艺术也是倒退的。既然黄金时代一去不复返，文学艺术也不能不倒退。"治世之音安以乐，其政和。乱世之音怨以怒，其政乖。"就连李白也哀叹道："大雅久不作，吾衰竟谁陈？王风委蔓草，战国多荆榛。龙虎相啖食，兵戈逮狂秦，正声何微茫，哀怨起骚人。扬马激颓波，开流荡无垠。废兴虽万变，宪章亦已沦。……我志在删述，垂辉映千春。希圣如有立，绝笔于获麟。"他以文学艺术里的孔子自命，终于也同孔子一样挽救不了文学艺术倒退的命运。

这样倒退的历史观文学史观，其影响于政治社会者极大。鸦片战争以后，民族危机日益严重，有志之士力谋救亡，总遇到这种集体无意识积淀的抵抗。既然一切不免倒退，努力又有何用？即使不能不救亡图存，也只需复古，何用创新？直到严复译述了《天演论》出来，中国知识分子第一次接触了全然相反的进化的历史观，有轰雷掣电振聋发聩的效果。既然希望在于将来，努力就总有收获，努力的大方向就在于创新，不在复古。根本信念上的这个改变，是石破天惊的大变。整个二十世纪中国的历史，志士仁人的种种努力，有得有失，有成有败，寄希望于将来的大方向总没有变，其基础还是进化论的历史观。

现在，世界和中国历史翻过一大页，某种大失败的感觉促使人们回顾反思，于是才有读经之类的呼声起来。从读经来反思，不管呼吁者的主观意思如何，根底上都是要否定进化论的历史观，回到倒退的历史观去。我根据自己读经的经验，完全不能接受。

我相信，无论上世纪某种失败如何巨大，人类总得相信未来，这个大方向总不能变。大方向下面，迂回曲折总是有的。有些迂回曲折是难免的，有些甚至是必要的，都无改于大方向。我们今天在某种大失败感觉的促使下进行反思，可能反思到某些前进太直线，当初应该迂回，甚至应该为了向前一跃而后退，但是这与回到倒退历史观完全两回事。我总是不能不注意到读经呼声的这个思想背景，不能放弃我的警惕。

二〇〇七年四月二十二日，在北京

我怎么写起关于周作人的文章

约近二十年来，我发表了一些有关周作人研究的文章，出版情况如下——

1.《周作人概观》，《中国社会科学》杂志1986年第4期、第5期连载；同年八月，又以小册子形式在湖南人民出版社的"骆驼丛书"中出版；

2.《周作人的是非功过》（《周作人概观》一篇包括在此书之内），1993年6月人民文学出版社出版；

3.《周作人的是非功过增订本》，2001年12月辽宁教育出版社出版。

我怎么写起这些文章来的呢？

远在抗战以前，我读初中的时候，课外阅读了一些新文学的书，差不多包括了各个流派代表作家的代表作。没有人辅导，自己琢磨比较的结果，最喜欢的是周氏兄弟。尽管他们的思想之深刻，学识之渊博，远不是一个初中学生所能懂，还是喜欢。正因此，抗战时期，我作为一个热心抗战救亡的青年，对周作人的公然附逆特别痛恨，不想再读也没有机会再读到他的书。抗战胜利后，流亡人民纷纷出四川返家之际，我欲归不得，有几个月困处川南一座空山，和同样困处在此的台静农先生比邻而居。他是周作人的学生，曾经在周作人附逆消息传到大后方之时，和另外两个周作人的学生（好像是魏建功、李霁野）各写了一篇声讨文章，在《抗战文艺》杂志上发表，合为一个特辑标题曰"'谢本师'周作人"。"谢本师"的典故出自章太炎，他首先对俞曲园"谢本师"；后来周作人对章太炎"谢本师"；这回是第三代"谢本师"，典故用得很巧妙。好像也有人不满，说周作人丧失民族大节，与俞曲园、章太炎的情况不可同日而语，今天不应该还承认周作人为"本师"，也有人说本师是历史事实，无须回避，正因其是事实，所以才要"谢"之，这些是当时文坛上很著名的事。台静农先生有一本周作人的《瓜豆集》，是他在抗战初期流亡途中买的。我没有见过这本书，借来读了，其纸张、排印、装订之美，使得八年惯见战时土纸书的我耳目一新，反正困闲中无他事可做，便翻来覆去细细读了，才发现自己对于周作人文章的爱好仍然不减，或者比少年时期更能领略。二十世纪五十年代，我到人民文学出版社工作，本职是中国古典文学编辑，业余仍然喜欢杂览，恰好出版社资料科所藏周作人的散文集很齐全，我全都借出阅读过，更肯定了对于他的文章的爱好。到了"百花齐放"方针开始提出时，我曾经请问过社长兼总编辑冯雪峰先生：我社出不出周作人的书？他肯定地说是要出的，不过要到适当的时候。接着"反右""文革"，自然一切无从谈起了。"文革"未完，雪峰先生便以"摘帽右派"的身份辞世。

三十年之后，人民文学出版社的确要出周作人的选集了。大约一九八四年，或者一九八三年，其时我早已调离人民文学出版社，老友牛汉时任人民文学出版社现代文学编辑部主任，他早就知道我对周作人有兴趣，特地来找我，说，人民文学出版社同香港三联书店合作出版一套名家选集，其中有周作人选集，要我写序言。他说，现在可以放开来写，你要怎么写就怎么写。我答应了，请他把人民文学出版社所藏的周作人的散文集全借出来，还是我五十年代借阅过的，不过已经遗失一种。我这回阅读，和上次不同，平生第一次做卡片，整个读完，把卡片整理整理，大意有了，便写了起来，于一九八六年四月十九日写成，一数，竟然有六万字。原来听说这套选本每种是十万字左右，当然不可能用上六万字的序，只好向牛汉打个招呼，序言交不了卷了。大概时间隔得太久，情况有了变化，他没有再追问，后来那个周作人的选集究竟出了没有，用了什么序言，我至今也不知道。我写成的这篇长文，得找地方发表，试投《中国社会科学》杂志，总编辑李学昆先生毅然决定采用。然后，湖南人民出版社又有兴趣将此文出单行本，收入他们的"骆驼丛书"。这个情况，居然有些像梁启超的《清代学术概论》。那是蒋方震著《欧洲文艺复兴史》，请梁启超作序。梁启超以清代学术史与欧洲文艺复兴史相比较，写得太长，不好用作序，只好另以《清代学术概论》之名单行出版。梁氏此书成为学术名著，我的小册子哪敢相提并论？但经过情况却这么类似，自思也不禁失笑。

　　用"文革"语言来说，以上就是我那些关于周作人的文章的

"炮制"过程，那么照"文革"的例，接着就该追"黑后台"。这不难找，就在《胡乔木书信集》里面，白纸黑字，清清楚楚：

致严文井

（一九八一年八月三十一日）

文井同志：

我写信给你，可不知你的身体怎样，能否回我的信，这是很抱歉的。反正你不能写信就请别人代写吧。（君宜同志我也不知她身体怎么样。）

我写信的目的是希望有同志给我介绍两三部专写"文化大革命"的好的长篇小说。我看了一部《将军吟》，觉得很好，作者大概还会继续写下去（人文可否告诉我作者的工作单位，通信地址和履历？），《一个女囚的自述》我也看了。但是我还不能就此对近几年写这一题材的长篇做出什么判断。个人见闻太有限，因此想求援于人民文学出版社主管当代文学的同志们，这当然不是说限于人文社出版的。或者别的专家也成。如果肯把书借给我看更好，不过这个问题不大，我都可以设法买到或借到的。祝好！

胡乔木

八月三十一日

人文编辑出版现代文学作品时，不知是否已考虑：李健吾、杨晦、冯文炳、师陀。周作人散文选似也可以考虑，但要写一篇好的序。

（《胡乔木书信集》第369—370页）

原来人民文学出版社要出周作人散文选，要有一篇好的序言，主意是来自胡乔木。

不仅此也，还有佐证：

九一年五月十一日黄裳先生来信告诉我：去冬乔木来沪，一次谈天，谈及周作人，他自称为"护法"。并告当年吾兄呈请重刊周书事，最后到他那里，他不顾别人反对批准的。谈来兴趣盎然。从此我便对乔木有了一种好感……后来秦人路同志又给我看过楼适夷同志写给他的一封信，信中也说到乔木和周作人："五二年我调入我社（指人民文学出版社）任职以后，记得胡乔木同志在中南海，曾召我谈话约二小时，是专谈周的。他认为周是有功于新文化运动，在文学上饱学博识，为国内难得人才，出版社应予以重视，好好照顾他的生活待遇与工作条件。还说，过一段时间，可以出版他的旧作。"……（钟叔河《周作人散文编年全集编者前言（初稿）》，载《鲁迅研究月刊》，2003年第12期）

原来胡乔木是这样公然以周作人的"护法"自居，一九五二年便明确肯定周作人"有功于新文化运动",面示人民文学出版社副社长楼适夷"好好照顾他的生活待遇与工作条件。过一段时间，可以出版他的旧作"。人民文学出版社"文革"前贯彻了胡乔木的指示，在周作人自己积极的配合下，约他做了许多有益的翻译和编著工作，"文革"停顿，"文革"后一九八四年终于落实了散文选出版的计划，回顾前程，历历可数。

可是还不止此。按照"文革"的老例可以再往上追：这样大的"护法"后面是不是直通某个司令部呢？我们再向《胡乔木书信集》里面搜索，于是吓你一跳，赫然发现：

致毛泽东
（一九五一年二月二十四日）

主席：

周作人写了一封长信给你，辩白自己，要求不要没收他的房屋（作为逆产），不当他是汉奸。他另又写了一封给周扬，现一并送上。

我的意见是：他应当彻底认错，像李季一样在报纸上悔过。他的房屋可另行解决（事实上北京地方法院也并未准备把他赶走）。他现已在翻译欧洲古典文学，领取稿费为生，以后仍可在这方面做些工作。周扬亦同此意。当否请示。

敬礼

乔木
二月二十四日

周总理处也谈过，周作人给他的信因传阅失查他并未看到。

据胡乔木手稿排印。

（《胡乔木书信集》第61页）

……

毛泽东于二月二十四日在胡乔木的信件上批示："照办。"

（同上第62页）

"后台"竟然追到了这里，恐怕任何造反派都要相顾失色，默然而散。这样的追查事实上当然不曾有过。可是我每回想自己的事，这些年来写出这些文章究竟因何而起？自己也有些摸不到头脑。及至《胡乔木书信集》出版，我才算彻底弄清楚了。

断定研究周作人就等于为周作人翻案，就是出于某种不堪告人的私心，这些年来我已经听到不少这样的呵斥。现在我并不是拉出胡乔木这把大红伞来为自己分谤，只是由此联想到一个政治标准和艺术标准的问题。

政治标准和艺术标准本来是两个，政治上的左右和艺术上的优劣本来不是一回事，政治左而艺术劣，艺术优而政治右，都有可能。但是整个二十世纪是政治斗争激烈尖锐的世纪，卷入斗争旋涡中的人们，很容易凭政治上的好恶决定艺术好恶，毛泽东的"政治标准第一"的公式将这一事实肯定为最权威的理论。于是周作人的附逆一段历史当然使他长期被屏弃于中国新文学史之外。但是，他的艺术成就太高，在中国新文学史上的贡献太大，稍稍了解中国新文学情况者无不熟悉，不是因其一段附逆历史就能一笔勾销的。胡乔木在政治思想上是"左"的代表人物，连他都这么以周作人的"护法"自居，非常典型地表现出"政治标准第一"理论的作用毕竟有时而穷，比较能读书的"左"的政治家有时也不能不背叛他自己信奉的理论。新时期的风向开始回归常识，论文艺而摆脱政治的束缚逐渐形成气候，周作人、张爱玲等逐渐进入读者和研究者的视野，更是顺理成章的事。我不过是这个气候已经形成之下的后知后觉的追随者，谈不上什么贡献。

周作人研究今天还在起步阶段，归根到底，读他的文章才是第一要义。已经出版过一些好的全集和选集，现在太白文艺出版社约我编选了这套《知堂文丛》，我应该在书首交代一下自己读知堂散文的历程，或可帮助读者更清醒地把握政治标准与艺术标准的关系，领略知堂散文的真味。

二〇〇七年九月二日，舒芜在北京

（《文汇读书周报》2007年9月14日、21日出版的1177号、1178号《书人茶话》栏连载）

吴孟复作《唐宋八大家简述》序

　　吴孟复兄要我为他的《唐宋八大家简述》写序言，我实在惶惑。

　　约近半个世纪之前，初识孟复兄，他已是无锡国学专修学校的高才生，我还是一个初中学生。阔别四十多年之后，一九八〇年在北京重晤，我们都已入老境，正如他赠我的诗云："倾盖相逢各少年，都门重聚两华颠。"华颠虽同，但是他在中国古典文学、目录学、训诂学等多方面均已卓然有成，我却是悠悠忽忽，百无一成，现在我们之间的差距，比当年一个初中学生和一个专科高才生之间的差距更大了。但我说惶惑，却不是为此。倘即将我读《唐宋八大家简述》和孟复兄近年来示我的其他论著时感到的愧对故人之意，写成序言，未尝不可以交卷，且于读者亦未尝没有侧面的帮助。我的惶惑，却另有原因。

　　究竟惶惑什么呢？真不太好意思说。原来，我实在不喜欢因而也不懂唐宋八大家，特别是不喜欢"唐宋八大家"这个名目，这篇序言真不知该怎么写。"后台喝彩"固然不雅，后台喝倒彩也是不像话的。

我是安徽桐城人，父母两系和姻戚之家，都出过知名的桐城派作家，有的还是我及见的尊长。我是他们的不肖子弟，文言文还没有作通过，更谈不上由桐城派的门户上窥唐宋八大家的堂奥。但是，从小就习闻他们的声名地位，亲身感受到他们的活生生的权威，这大概是别的地方的孩子所不及的。起初我也崇拜这种权威，后来却不知怎么一来，敬仰鲁迅，读新文学书，学写白话文起来了，这才知道了许多新鲜事。我知道了，早在我出生以前，中国有一次"文学革命"，而"桐城谬种"和"选学妖孽"被列为两大革命对象。我知道了，桐城派是以继承唐宋八大家的"文统"自许，而鲁迅却是推崇嵇康，谈魏晋风度及文章与药及酒之关系如数家珍。我还知道，章太炎是鲁迅终生尊敬的老师，而太炎论文，即推崇魏晋，鄙薄唐宋。太炎《论式》中高度评价魏晋的论文道："魏晋之文，大体皆埤于汉，独持论仿佛晚周，气体虽异，要其守己有度，伐人有序，和理在中，孚尹旁达，可以为百世师矣。"他痛斥唐宋文家道："夫李翱韩愈，局促儒言之间，未能自遂。……欧阳修曾巩好为大言，汗漫无以应敌，斯持论取短者也。若乃苏氏父子，则佞人之戈戈者。"他尤其痛斥唐宋的论文往往沾染纵横家气味："凡立论欲其本名家，不欲其本纵横，儒言不胜，而取给于气矜，游怒特，蹂稼践蔬，卒之数篇之中，自为错牾，古之人无有也。"他将汉文、魏晋文、唐宋文三者做了总括性的比较道："夫雅而不核，近于诵数，汉人之短也；廉而不节，近于强钳，肆而不制，近于流荡，清而不根，近于草野，唐宋之过也；有其利，无其病者，莫若魏晋。"他又比较了学汉、学魏晋、学唐宋的得失道："效唐宋之持论者，利其齿牙，效汉之持论者，多其记诵，斯已给矣；效魏晋之持论者，上不徒守文，下不可御人以口，必先豫之以学。"章太炎这些话，充满了反儒家反正统追求思想解放的精神，我一见倾服，读之成诵，并即以之指导我对中国散文史的看法。我特别看到，晚清以来，从龚自珍、梁启超以至刘师培、王国维，凡在思想解放和学术研究上真正有过贡献的人，虽然文章成就有高低，风格有异同，论文宗旨并不一致，有的人例如龚自珍的文章就被章太炎嘲笑过，但他们有一点是一致的，即都是不屑低头就"八家—桐城"之范的。

一九四七年我在徐州江苏学院中文系教书，同事中有前辈南通管劲丞先生，经常和我谈到当时大学一年级共同必修的国文课，其教材选来选去还是"八家—桐城"这个系统，我们对此非常不满。南通是桐城派影响很强的地方，劲丞先生大概正因此而对"八家—桐城"这个系统很反感吧。我们决心自己动手另选，于是又邀了一两位同事，你一篇我一篇地凑出了一个选目草稿。我们一看，从上古到近代，不是"八家—桐城"这个系统也不是这个系统所宗奉所肯定的散文名篇，居然有这么多，绵延不绝，能够自成源流系统。于是我们更有了信心，打算好好地修订增删，臻于完善，便正式来编注。不料不久学生请愿，徐州伪"绥靖公署"实行镇压，并把劲丞先生和我都列入所谓"幕后操纵者"。我们只好仓皇四散，再也没有机会一起来修订选目了。那份选目草稿我保藏了好多年。也终于散失，内容也难于追忆了。

我们考虑选目时，也不是没有考虑到"八家"之作，不乏佳文。我们也知道章太炎持论往往过偏，他对唐宋散文家的具体评价，也未可尽信，何况他谈的仅限于论文的范围。但我们最不喜欢的是"唐宋八大家"这个名目，这当然不是八个散文家自己互相标榜出来的，而是后人编排出来的，我们觉得这比自己互相标榜，结伙求名，更为可厌。大凡编排这般名单的，往往别有企图。"八家"之首的韩愈，在《原道》里编排出一个"尧舜禹汤文武周孔孟"的"道统"名单，其意即以继承"道统"自命。同样，编排和鼓吹"唐宋八大家"这个"文统"的名单，其意亦即以继承这个"文统"自命。而凡是以"正统"自居的，总要攘斥异端，定于一尊，顺我者正，逆我者邪，如韩愈在《原道》里就杀气腾腾地宣布要对佛教徒实行"人其人，火其书，庐其居"。当时我们亲见蒋介石在《中国之命运》里也自居"正统"，所以我们对于古今文武一切要建立什么"统"的把戏，都是反感和敏感的。就文章本身而论，我们也承认"八家"不乏佳文，但我们更看到，把他们聚在一起，就更突出了他们一个共同的缺点，即过于有意"做"文章，也就是章太炎指出的"利其齿牙，御人以口"，无自然之美，犯了文家的大忌。

新中国成立以前的这一套看法，解放以后回顾，觉得未免太有那个时代的切迫的斗争的色彩了，大概就是所谓历史的局限性吧。然而茌苒三十余年，也没有认真地把唐宋八大家文章拿来重新研读过。只是最近这几年，在补救十年"文革"损失而掀起的求知热潮中，在中国古典文学领域，对唐宋八大家的评介也成了很多人要听的题目，于是我也得到重新学习的机会。截至目前，我对唐宋八大家的总的看法还没有根本的改变，年轻时候形成的东西，到了僵化的老年，根本改变本来就是不易。我仍然认为先前唐宋八大家还被编排成一种"文统"，还作为活生生的权威统治着人们的心和笔的时候，猛力打翻他们的宝座，撕掉他们的华衮，是完全应该的。但是我也承认现在不同了，唐宋八大家不再是作为权威的一种现实力量，而只是同其他古典文学作家一样的作家，现在可以比较冷静地全面地去分析他们，不抹杀他们的任何一点历史贡献了。比如说，现在通常所谓"古汉语"，主要是唐宋才定型的，唐宋文人虽多，而最专力最有意识地从事散文的艺术创作的，也就是在古汉语的定型方面贡献最大的，毕竟要推唐宋八大家，这个事实还是不可抹杀的。

孟复兄的《唐宋八大家简述》，也是应读者的需要而写的，在刊物上连载时已经受到广泛的欢迎。现在更加修订扩充，合成一本出版，我相信一定会于读者有益。这本书的最大的特点，是内行人说内行话。给我印象最深的，首先是指出了韩柳散文革新的成功经验，在于他们不仅"起八代之衰"，而且也继八代之盛，但是他们自己只讲"起衰"的一面，因而后代论者往往看不到他们"继盛"的一面。其次是就拿这两面做标准，衡量韩柳的长短，指出八家散文之中，只有柳文最长于写景，正是由于柳宗元善于继承《水经注》、谢灵运诗以及六朝骈文之盛；对照起来，"韩愈说对古人'师其意不师其词'。因而字字句句，语必新造，把一大批还有生命力的、表现力很强的词语排斥净尽，结果使自己文章弄得干枯无味，那是因噎废食。从王安石到清代'桐城派'作者，都吃了这个亏"。我觉得这是一个很重要的观点，值得更深入更扩展地加以发挥。又如，书中指出，文各有体，得体为佳，曾巩《越州赵公救灾记》那样的详赡，正得史笔之体。"可以设想，如在'桐城派'作家手中，很可能一语带过。"桐城派不问什么体，都一味求"简洁"，正是不得体，是桐城派之一弊。凡此之类，倘若不是真正的内行人，绝对说不出来。当然，内行也可能有内行的问题。例如，这里面有没有偏爱呢？"微观"与"宏观"结合得怎样呢？读者完全可以考虑这些问题，做出自己的判断。但是，说外行话，贻笑大方，假充内行，贻误读者，现炒现卖，夹生不熟，辗转稗贩，谬种流传，这些我敢请读者相信是没有的。

至于我这个序言，对读者究竟有什么用，我还是惶惑得很。勉强找点意义，那就是希望现在的青年读者，倾听孟复兄这样的内行人介绍唐宋八大家。冷静地全面地分析唐宋八大家的时候，也知道曾经有过火热的"文学革命"，知道曾经有过反对"八家—桐城"的正统权威的严重斗争，把今之冷静和昔之火热尽可能地结合起来，大概这还是比较适宜的态度。

一九八三年一月十二日，于北京天问楼

《金瓶梅》和《红楼梦》

二十世纪五十年代人民文学出版社敢于影印出版《金瓶梅》，是奉了毛泽东的令。我在编辑部里议论说：我一点不喜欢《金瓶梅》，不是因为它性描写太多，而是书中一切人与事，包括性描写在内，没有一点光明，只有黑暗。我读此书，觉得像是蹲在一个大粪缸边，看满缸粪秽里面大小长短粗细蛆虫的蠕动，实在闻不下去，看不下去，倒佩服作者怎么有这么大的毅力把它写完。连鲁迅也给它那么高评价，我实在不理解。聂绀弩、张友鸾、陈迩冬都不赞成我。陈迩冬说："好就好在全无光明，只有黑暗。"他这种玄学式的论辩当然没有说服我。书印出来，上面规定了严格限制的购买办法。事先由文化部发给"准购证"，定价四十元一套，当时不是小数目，也有寓限制于高价的意思。我得到"准购证"一张，心里根本不打算买。不久被打成"右派"，以为大概要吊销我的"准购证"了，倒也没有。但由编辑五级降为八级，每月工资只有一百零五元，更不会买了。社外人闻风而来请购者纷纷，上面规定了干部几级以上的准购，我不知道干部级别同阅书的"免疫力"有什么关系，但也不去多想，反正什么都按级别办事已经成了习惯。后来"文化大革命"中，孟超的一套《金瓶梅》成了他"收藏淫书"的罪证，被造反不忘恋爱的男女造反派抄了去共读，孟超不免多吃一宗苦头，我少吃这宗苦头，自喜得计。

因为《金瓶梅》，我觉得更能理解《红楼梦》的了不起。试想，如果没有大观园，只以贾赦、贾珍、贾琏、薛蟠之流为中心人物，加上他们的妾婢，加上多姑娘、鲍二家的等等，岂不就是《金瓶梅》，岂不就是政治社会地位更高的家庭的《金瓶梅》？《红楼梦》却精心设计出一个大观园女儿国，一个芳香净洁的小世界做中心，把赦珍琏蟠的腥臭污秽的大世界排在边缘做反衬，美感上前者绝对压倒了后者，而实际上后者终于毁灭了前者，这个大悲剧所以是空前绝后的。中国小说史上，《红楼梦》就是这样继承了《金瓶梅》而又反对了《金瓶梅》。

《弁而钗》

有朋友问我们五十年代在人民文学出版社二编室，是不是有机会看到许多色情小说。我回想，当时要是想看，机会是不少。北京几位收藏小说戏剧的藏书家，色情小说肯定不少，我们与他们常有联系，要是向他们借，肯定不成问题。但是那时我们很道学，成天研究精华与糟粕、思想性与艺术性之类大问题，色情小说几乎没有看到什么。

只记得有一次聂绀弩拿来一本《弁而钗》，是明人写男色的小说。弁是男人戴的帽子。钗是女人头上插的。弁而钗，就是男人而做女人的角色。聂绀弩说，看这本小说，真叫人生气。我大致翻阅，里面有四个短篇，都是写男妾的，都是一个男人而对另一个男人感恩图报，以身相许，心甘情愿做他的男妾。男妾们当然什么名分都没有，还不如女人做妾有个名分，可以尊称为"如夫人"，甚至母以子贵时，还可以得到诰封。但丈夫若得到夫人允许纳妾时，男妾便扮作女人正式嫁过去，这又有了名分。男妾们都对丈夫有真情，绝对忠贞不贰，而且是绝对肉体的忠贞。丈夫出远门，另有强人要来逼奸男妾，男妾便自刎全贞，灵魂还追上丈夫继续做男妾；丈夫需要一笔大款子，灵魂便附上一个新死少女尸体，嫁给一位大官为妾，换得了高身价给丈夫用；三年之后灵魂仍然回来做男妾，好在嫁给大官的是别的女人的肉体，他仍然没有失贞。就是这样的东西，我看了也生气得很。聂绀弩说，他将这书烧掉了，那么大概不是借来的，是他自己买的吧。

还看到一把折扇，正反两个方向都可以打开。正方向打开是普通的山水画，反方向打开则是日本的春宫，每面五六幅。我见过的中国的春宫有限，人物都不大行，很少令人起美感。这几幅日本春宫，美女都比中国春宫里的美得多，而男方则都是特别丑怪狞恶，瞎一只眼长一个大肉瘤的秃头老和尚之类，在做着极其淫虐恶秽的动作。美女们一律安娴贞静的表情，在履行一宗庄严义务似的虔诚地承受着。这使人特别觉得可怕。这是黄肃秋拿来的，他熟识某藏书家，不知是不是从那里借来的。

三编室与二编室

五十年代前半，人民文学出版社几个编辑室里，三编室（苏联东欧文学编辑室）最富。当时俄苏文学最受读者欢迎，而俄文翻译五大明星：金人、刘辽逸、蒋路、许磊然、伍孟昌全在这个编辑室。他们所得的稿酬最多，常到莫斯科餐厅会餐，不免被有些人侧目而视，传说他们常说"提前过共产主义生活去"，大概是忌妒者编造出来的。其次，二编室（中国古典文学编辑室）聂绀弩、张友鸾、舒芜等也常有些稿费，当然不比三编室的人，口味也土些，就只能常吃马凯、曲园、闽江春等处了。肃反时，二编室被指为"以反革命分子聂绀弩为首的独立王国"，他们的"吃吃喝喝"被指为"独立王国"的联系方式之一，相当严重。

三编室的班底，好像是以新中国成立前上海的时代出版社为基础，比较现成。二编室的人，则是冯雪峰、聂绀弩从天南地北各处一个个找来的。有一个人有些特别，其人名陈启明，是冯雪峰的关系来的，听说新中国成立前当过湖南某报的总编辑，当过上海市政府某局的专员，年纪四十左右，却只分配为助理编辑，似乎有什么历史问题的缘故，与冯雪峰是什么关系也不清楚。后来，不知道怎么一来，被宣布为"坏分子"，送劳动教养，这是我亲眼看见"送劳动教养的坏分子"的唯一一个。宣布的罪名记不清，只记得王任叔宣布时非常得意地说："这样，我们的队伍纯洁了，纯洁了，才能团结。"还说："劳动教养有利改造，每月还有工资，不过要在一定地点就是了。"后来放出来了，没有职业，生活非常困难，找人民文学出版社做些抄抄校校的零碎活，妻子卖血。他的诗作得很不错，我记得一首——

宁家一载，诗以记之

树杪风呼百计难，黄花明日惜丛残。
相逢倘问行何后，不饮才知酒易阑。
路纵多歧终合辙，禽惟铩羽始依栏。
空桑三宿情何限，愁向津桥损素颜。

第二联欲语还休，最能体现他万般无奈的心情。后来不知所终，"文化大革命"中，估计他那样的身份，不会有好事的。

中国古典文学整理出版工作的开端

在马克思主义指导之下整理出版中国古典文学作品，这是全国解放以后由人民文学出版社开始的前无古人的新工作。新中国成立以前，党所领导的革命的出版社和书店，力量集中于出版现代革命作品，还顾不上中国古典文学。新中国成立初期，人民文学出版社一建立，就确定了"古今中外"的方针，把整理出版中国古典文学作品作为自己的任务之一担当起来。第一部就是一九五二年十月出版的经过整理的《水浒》。新中国的国家文学出版社，居然出这样的"旧小说"，这是震动了当时读书界的一件大事，成了党的继承一切优秀的民族文化遗产方针的生动体现。聂绀弩同志当时是人民文学出版社的副总编辑兼古典文学编辑室主任，《水浒》的整理工作由他具体负责，他后来回忆当时的盛况，说道："且说这书一出版，《人民日报》还发表了一篇庆祝的社论，这么一来，大学、中学、报馆、图书馆、研究所、演剧队以及不知什么单位，都接连来请我去做关于《水浒》的报告。约略计算了一下，北京、天津、上海、南京、杭州……我在这些地方先后做了五十次'报告'，假如不是更多的话。做报告多光荣。在扬州时，在一个单位的礼堂里讲话，别的单位的礼堂安喇叭收听。听了的人们还一拥而出，围在这个单位门口高喊：'我们要看看聂绀弩同志！'使我想起《三国演义》上曹操在同样情景下讲的几句话，真可谓飘飘然矣。不知哪位天才发明了一句话：'一切荣誉属于党。'一点不错，党不需要整理《水浒》，谁要'看看聂绀弩同志'！"（聂绀弩：《中国古典小说论集·自序》）我还听说，人民文学出版社整理的《水浒》一出版，北京旧书市场上中国古典小说的价钱顿时提高，先前怕"共产党不喜欢这一套"，纷纷抛售，几乎无人要了。

　　我是一九五三年五月从外地调到北京，参加人民文学出版社古典文学编辑室的工作，没有赶得上《水浒》出版的盛况。调来之前几个月，曾经同社长兼总编辑冯雪峰同志有一次谈话。我对于怎样在马克思主义指导之下整理出版中国古典文学作品这样一个全新的工作，完全茫然。雪峰同志的一夕谈，才使我心里比较有了底。他说，从《诗经》《楚辞》开始，一切优秀的古典诗词散文小说戏曲，都要整理出版。长篇小说、戏曲，它本身是一个完整的作品，所以出版时除个别淫秽字句外，一概不加删节。诗词散文，则出版各种选集。其中大的作家例如李白、杜甫，出他们的选集之外再出他们的全集；其次的作家例如柳宗元，只出选集就行了。古典诗词有完整的格律，当然更不能删节了。雪峰同志有两句话给我印象最深：一是说，对中国古典文学作品的整理，要有"朴学家的精神"；一是说，这种整理的目的，在于"给读者一个可读的本子"。今天看来，也许会觉得雪峰同志这一夕谈也没有什么新奇之处，但当时至少在我的感受中，一下子就给我画出一个"示意图"，不再是完全茫然了。我来到人民文学出版社古典文学编辑室（当时叫作第二编辑室）的时候，这个编辑室也是新建不久，正在陆续往里调人。先我而在编辑室的，有张友鸾、顾学颉、李易、文怀沙、黄肃秋、汪静之六位同志，副总编辑聂绀弩同志兼编辑室主任。这些同志先前或是教书，或是当新闻记者、报纸编辑、副刊编辑，他们对中国古典文学不算外行，但是，在马克思主义指导下整理出版中国古典文学作品的工作，他们都没有做过，其实在此以前根本也没有这样的工作。所以，除了主任而外，每位同志都被指定整理一部古典文学名著，借以对这个谁都没有搞过的工作，摸索一些经验。我也被指定担任《李白诗选》的选注。当时我曾作过一首打油诗，倒可以概括当时人民文学出版社第二编辑室的工作情况——

白帝千秋恨，（顾学颉校注《三国演义》）

红楼一梦香。（汪静之校注《红楼梦》）

梁山昭大义，（张友鸾校注《水浒》。这是一九五二年那个本子以后的进一步整理）

湘水葬佯狂。（文怀沙校注《屈原集》）

莫唱钗头凤，（李易协助游国恩先生选注《陆游诗选》）

须掣月下觞。（舒芜选注《李白诗选》）

西天何必到，（黄肃秋校注《西游记》）

东四即天堂。（当时人民文学出版社社址在北京东四牌楼头条胡同）

这当然不是工作的全部。我进出版社的第一项工作，是审阅余冠英先生的《乐府诗选》；还有余嘉锡先生的《宋江三十六人考实》，也是我去约稿的。当时还出版了冯至的《杜甫诗选》，王瑶的《陶渊明集》。仅就我记得的这些事例来说，已可见当时也是向社外约稿的，不过同样是摸索着慢慢开始罢了。就这样，新中国国家文学出版社第一批经过比较认真整理的中国古典文学作品出版了，至少都是试图运用马克思主义的，试图体现冯雪峰同志倡导的"朴学家精神的"，对社会上产生了相当大的影响。我见过日本根据人民文学出版社一九五二年本翻印的《水浒》，封面上大书特书曰"中共国家定本"。这当然是日本书商牟利的把戏，但也可以看出国际上的影响了。

上述打油诗末句"东四即天堂"，虽然是开玩笑，甚至略有轻微的牢骚，但仍可反映出当时我们的工作情绪基本上是愉快的。在我稍后，又有陈迩冬、王利器、周绍良、周汝昌、严敦易、赵其文、谢思洁、侯岱麟、戴鸿森、陈新、韩海明、卢海英、王庆菽、郑云回、赵席慈、麦朝枢、陈启明等同志，陆续来到第二编辑室，更有"人多热气大"的兴旺景象。（再后来还陆续来了童第德、冯都梁、钱南扬同志，那是从第二编辑室分出去一个第五编辑室，对外用"文学古籍刊行社"名义的时候了。）有一个很奇特的现象，就是当时中宣部副部长胡乔木同志，对古典文学出版工作抓得很直接。我记得不止一次，我们校注的古典小说，是送请他审定；甚至较重要的退稿信，也送请他核发。他总是认真审核，常有十分具体的指示。对我标点的某一部古典小说，他认为该用句号的我往往舍不得断句，却过多地用了分号和逗号，便批示道："此所谓当断不断，反受其乱也。"某一封退稿信，退的是一位老先生的《楚辞》注释，完全是考证著作，信上却大谈马列主义理论观点，其实起草者对这些也不熟悉。胡乔木同志对这封退稿信写了一个长批语，其中说："不要动辄就谈立场观点之类，以免成为笑柄。"这些风趣精警的批语，在我们中间传诵。出版社内，雪峰同志的威信很高。他在《文艺报》上发表的长篇论文《中国文学中从古典现实主义到社会主义现实主义的一个轮廓》和《回答关于〈水浒〉的几个问题》，我们很佩服，认为能够指导我们解决工作中的许多大问题。这完全是我们自己找来读了，自己选择的，雪峰同志从来没有拿他的理论在他主管的单位里做过任何大报告、小报告。他对我们的领导也很具体，有一次，他来参加我们编辑室的会议，着重谈了编辑工作和研究工作的关系。他说：做编辑工作的人要有研究，但整理出版与研究不同，整理要谨慎，研究可以尽量发挥一家之言。你作为研究者可以发表的意见，不一定都可以用在你的整理工作中。这些话对我们很有启发。我们感到工作受到领导重视，情绪更高了。

总之，那是新中国古典文学整理出版工作的开端，回忆起来是愉快的。至于雪峰同志所倡导的"朴学家精神"，后来被指责为"以客观主义来对抗毛主席的批判继承方针"；我们开始只定了十来种待整理的选题试着做，后来被指责为"对待民族文化遗产的虚无主义"；我们每个人整理一部书以取得经验的做法，后来被指责为"关门办社，打伙求财，搞独立王国"；这都是后话，是王任叔（巴人）同志来当副社长副总编辑主管第二编辑室以后的事，及至王任叔同志领导人民文学出版社"反右"运动中更将这些算了二次总账，这里按下不表。

一九八一年一月三日

大寿薄礼

——祝人民文学出版社建社五十周年

人民文学出版社建社五十周年（1951—2001），里面有我的区区二十六年（1953—1979）。以此因缘，承征文祝寿，总题目是《我与人民文学出版社》。这个题目，我倒有不少话可说，就说几件有意思有兴致的事当寿礼。

原来我一直教书，没有做过编辑。到人民文学出版社上班前，社长兼总编辑冯雪峰和我谈话，确定我到第二编辑室（古典部）。我问这工作怎么做。他告诉我：中国古典文学，从《诗经》《楚辞》直到晚清小说，都要整理出版。主要作家如李白、杜甫，先出选本，再出全集；次要的如韩愈、柳宗元，只出选本。整理时要发扬朴学家的精神，目的是供给读者一个可读的本子。我们不是重开四库全书馆，也不学太平天国删改四书五经。一部长篇小说，一篇文，一首诗，你可以选，可以不选，只要选了来出版的，就不能删改，只有较大段的直接描写的淫秽字句，不能不谨慎地删去。他这些话，今天似乎平淡无奇，解放初听来，却有明确澄清、昭若发蒙之感。解放后还要不要古书，怎么处理古典文学，大家都摸不着头脑，看着国家文学出版社的动态。冯雪峰这几句话，等于整理出版古典文学的最基本的方针。我听了，顿时觉得比较有把握来做这个从未做过的工作了。

一九五三年五月，我到人民文学出版社二编室上班。接受的第一个任务是审阅余冠英的《乐府诗选》，向先在古典部的同人们学会了在原稿上贴意见条，把所发现的一切问题，大自政治思想，理论学术，小至一个字，一个标点符号，一个一个写在小条上，贴在书稿上，请作者处理。既要尽编辑所知，负编辑责任，又要绝对尊重作者，不在原稿上动笔。甚至一个字，明明是笔误别字，最好也不要直接改，而是贴一张意见条："某字是否某字之误？"因为，古典文学方面的书稿，学术专业性很强，有时你以为笔误别字，也许恰恰不误，轻易改了，倒改错了。古典部的编辑，颇有几位原来在大学中文系教书的，对此起初还有些不服气，自己本来也是专家，和社外这些作者差不多嘛，难道连笔误别字也看不出来？故有打油诗发牢骚曰："进门低三等，叩首拜专家。"但是，至少"文革"以前，这个风气一直坚持下来了。这是冯雪峰提倡的"朴学家精神"在编辑工作中起码的体现，敬业精神的体现，实在是大好的风气。每看到现在不少报刊的编辑，似乎不替作者改文章就过不去，有本领把通的文章改得不通，只有浩叹。

我接受的第二个任务是选注《李白诗选》。当时古典部的几位编辑，每人担任一部古典文学作品的整理。那时强调整理古典文学要用马克思主义新方法，什么是新方法，大家都不甚了然，无法向作者提出要求，只好自己摸索着干，来取得经验。我曾戏作打油诗一首述其情况曰：

白帝千秋恨，（顾学颉整理《三国演义》）

红楼一梦香；（汪静之整理《红楼梦》）

梁山昭大义，（张友鸾整理《水浒传》）

湘水葬佯狂；（文怀沙整理《屈原集》）

莫唱钗头凤，（李易协助北京大学游国恩教授选注《陆游诗选》）

须擘月下觞；（舒芜选注《李白诗选》）

西天何必到，（黄肃秋整理《西游记》）

东四即天堂。（当时人民文学出版社社址在北京东四牌楼头条胡同）

后来，王任叔来当社党组书记、第一副社长、副总编辑，指责古典部"关门办社"，"打伙求财"，那是后话。我们在工作中，印象最深的，还是冯雪峰强调的"朴学家精神"。

冯雪峰自己直接管鲁迅著作编辑室，不大到古典部来，有一次他来同古典部的人一起开会。会上，李易以青年后辈身份向他请教：在我们整理古典文学作品的工作中，究竟怎样体现批判？冯雪峰答复，大意说：批判就是弄清楚。并不是把一个东西批判成别的样子，才是批判；你把它解释清楚，还它本来面目，就是批判。《资本论》把资本主义彻底弄清楚了，就是对资本主义彻底批判了。整理古典文学作品，主要就是认真选底本，做校勘，加注释，供给读者一个可读的本子。编辑人员要有研究，但是你的研究是你个人的，尽管在报刊上发表，却不能放在你整理的古典文学作品上面作为定论。云云。他这一席话，大家的印象都很深。古典白话小说的整理出版，是当时古典部工作的重点。冯雪峰始终坚持书前不要有长篇大论的序言，只要交代整理情况，介绍作者平生，就足够了。人民文学出版社出的古典白话小说，终于形成了固定的格式：前面只有一篇《出版说明》，一篇《关于本书的作者》，质量大多禁得起时间的考验。这是很大的成就，是要顶住内外上下各种压力，才坚持下来的。如果当时不是冯雪峰坚持，如果听任某些人大搞所谓"批判分析性的前言"，不知道会出多少笑话，会如前人所谓"三十年前之庄言谠论，皆三十年后之梦呓笑谈"。

周扬当时是中宣部副部长、文化部党组书记、第一副部长，他的住处与人民文学出版社之间，有墙无隔。可是他似乎对于人民文学出版社的事根本不管，冯雪峰也不买他的账，大概是他们二十世纪三十年代以来的老矛盾还在起作用。（解放后，人民文学出版社以长期约稿方式按月预支较高的译稿费给周作人，本是高层的安排，却有人说是周扬阴谋，有意养一个反鲁迅的人。这真是笑话，当时周扬哪里能命令冯雪峰办这个事？）倒是中宣部另一个副部长胡乔木，管人民文学出版社的事，具体得出奇，简直成了实际上的总编辑。古典部许多较重要的发稿，聂绀弩都直接往胡乔木那里送，胡乔木无不仔细审阅。我标点的一部长篇古典小说，送到胡那里。他审阅后批下来，指出此书标点过于爱用分号，许多本来都可以用句号断开，用了分号反而不清楚。他幽默地说："此所谓'当断不断，反受其乱'也。"我一检查，我的确有爱用分号的习惯，不是他指出，自己还不知道。他看得就是这样仔细。甚至较重要的退稿信，也送给胡看。麦朝枢起草的一封退稿信，胡看了，批道：
"不要多谈立场观点之类，以免成为笑柄。"胡乔木这人，时左时
右，好像终于极左，但在五十年代之初指导人民文学出版社工作那
一段，倒还是能实事求是的。

上面说过的汪静之整理的《红楼梦》，一九五三年十二月以作
家出版社名义出版。此本说是以程乙本为底本，实际上是以亚东图
书馆本为底本。亚东本虽然根据程乙本，校勘上未尽准确，标点上
很有一些错讹，汪静之沿袭下来了。出版以后，俞平伯的学生王佩
璋发表长文批评。于是，冯雪峰要古典部召开一个相当规模的座谈
会，请了俞平伯、王佩璋以及其他社外专家如王昆仑、启功等等，
还有《文学遗产》编辑部、文学研究所等有关部门负责人来，向他
们检讨，请他们批评指导。我有些奇怪，不就是校勘标点方面的一
些问题吗，何至于这样严重呢？我问聂绀弩："冯雪峰为什么这样
怕俞平伯呢？"聂绀弩说："不是怕俞平伯，是怕俞平伯后面的胡
乔木。"聂绀弩的话，不会没有根据，也许"怕"字我就提得重
些，大概胡乔木很重视此事，而冯雪峰一向是尊重胡乔木的，自然
受到影响。我们当时倒没有感到什么政治上的压抑，问题始终限于
出版物的学术质量和编辑工作的态度要求的范围，没有任何人往政
治上拉。结果是大家工作上更加谨慎小心，更讲求学术质量，证明
胡乔木、冯雪峰抓紧这个机会来指导工作，还是对的。开会检讨之
后，汪静之校点本既要改订，于是我被指定负责赶快改订一遍，以
应市场上加印急需。我是抗战初期进高中才匆匆读过《红楼梦》一
遍就没有再读，现在有机会细读，是我个人的收获。

上面说的都是工作中的严肃态度、敬业精神，学术上的科学态度、朴学精神，我认为都很有意思。至今我还是认为编辑工作特别是学术性强的编辑工作应该这样做，也许会被嘲笑为老古董，也改变不了。

还有一些有兴致的事。

人民文学出版社建社之初，确定四字方针："古今中外"。就是说，不像过去解放区只出版解放区现代作品和苏联作品，而是古今中外文学作品都要出，这在当时也是令人一新的思路。体现这个方针，出版社设五个编辑室：1.第一编辑室（中国现代文学编辑部），2.第二编辑室（中国古典文学编辑部），3.第三编辑室（苏联东欧文学编辑部），4.第四编辑室（欧美及其他外国文学编辑部），5.鲁迅著作编辑室。我曾听说，最初有这样的人事安排：胡风、聂绀弩、曹靖华、冯至都到人民文学出版社来当副总编辑，各兼一个编辑室主任：胡风兼一编室主任，聂绀弩兼二编室主任，曹靖华兼三编室主任，冯至兼四编室主任，总编辑冯雪峰自兼鲁迅编辑室主任。这真是一个强大的阵容。此说未知确否，我始终没有深究。据说曹靖华、冯至两位还真来办过几天公。我到社时，则只有楼适夷是副社长兼副总编辑，管全社日常行政和中国现代文学、外国文学的终审。聂绀弩是副总编辑兼二编主任。我早就佩服这位杂文大家，没有想到能在他领导下做古典文学编辑工作。听说，当初决定他到人民文学出版社来做这个工作时，他说自己不胜任，文化部长沈雁冰（茅盾）说："不要谦虚了。这个工作你优为之。"

茅盾说得对。中国学术，一向崇"正学"，贬"杂学"，崇正经正史、义理辞章之学，贬稗官野史、闲书杂览之学。清代，乾嘉考据与桐城古文极盛。清季，考据对象日益转向先秦诸子、辽金元史、西北地理，已经都是"正学"本身范围内的日益边缘化，也就是"杂"化。桐城古文则由严复用以译介西方学术，林纾用以译介西洋小说，更是方、姚万万想不到的。这时，会稽周氏有樟寿（树人、鲁迅）、櫆寿（作人）兄弟，虽自幼在寿氏三味书屋受的仍然是严格的"正学"教育，而已明显倾向于"杂"，倾向于边缘；后来留学日本，求新声于异邦，还没有完全脱离"正学"，他们同时问学章门，太炎正是结千年"正学"之局的大师。到了五四新文化运动，周氏兄弟乃终于翻身破壁而出，以"杂学"颠覆"正学"，以稗官野史、闲书杂览之学颠覆正经正史、义理辞章之学，开启了一代全新的学风，沛然莫之能御。聂绀弩尽管总是说他自己只是小学毕业生，其实三十年代他就发表了《广古有复辅音说》和《释舅姑》那样高质量的音韵学训诂学的论文；他亲炙鲁迅的结果，不仅如夏衍所说成为鲁迅以后杂文作家第一人，而且在学术文化上也是鲁迅学风学派的传人。他研究《水浒传》《红楼梦》《聊斋志异》能有那样大的成果，晚年能以杂文入旧体诗，别开生面，独步一时，前无古人，可卜不朽，完全不是偶然的。他领导人民文学出版社古典部的工作，便把鲁迅这个学风学派的颠覆性与冯雪峰提倡的朴学精神，在编辑工作中很好地结合起来。人民文学出版社能以古典文学书籍的出版，在全国古典文学研究方面做出显著的贡献，就是这个结合的产物。

聂绀弩的领导作风，完全是自由主义的。他被打成"大右派"

的时候，周恩来说过："聂绀弩嘛，那是一个大自由主义者。"周恩来把"大右派"说成"大自由主义者"，有"下纲"之意，是对聂绀弩的了解和爱护，尽管那时的"自由主义"还是毛泽东的《反对自由主义》里的贬义的定义。今天，"自由主义"在民间论坛上已经成了褒义词，周恩来的评价倒是歪打正着。

"肃反"运动前，聂绀弩住在出版社内，仍然是作家迟睡迟起的习惯，往往彻夜写了关于《水浒传》的论文，上班一两小时后，他才起来。本来他就在自己的寝室里办公，有什么事要吩咐交代，便来到我们办公室。正事谈完，有时他并不立刻走，坐在那里接着谈。谈得热闹，隔壁办公室听到，手头没有急迫任务的人，也过来一起闲聊。古典部的几个人，首先是聂绀弩自己，常常有些小稿费收入，谈到午饭时，就要得稿费的人做东，请大家吃饭。那时，一只烤鸭只要两三块钱，得了一二十元稿费，请几个人小吃问题不大。北京几个较好饭馆的座位也不紧张，我们临时决定到哪一家，从东四头条出发，可以东至东观音寺街的益康食堂，西至西单的好好食堂，南至前门外的全聚德，北至后门桥的马凯食堂，雇了三轮车去就是了，不记得有满座不空、另找别家的时候。一次，聂绀弩、张友鸾都得了稿费，大家去马凯食堂吃饭，一直没有决定到底谁请客。进马凯的门时，聂绀弩第一个跨进去，一面说："谁做东，现在该决定了吧？"一贯妙语如珠的张友鸾，冲口而出："还用问吗？刚才谁第一个进来的？'先入为主'嘛。"聂绀弩哑然一笑，只好请客。后来相当时间，进饭馆时，大家常开玩笑说："看谁'先入'呀！"吃着谈着，海阔天空之中，也就决定了什么书稿要发了，什么选题要赶快组稿了，什么问题还需要查什么资料，……杯酒之间就开了编辑会，真可以叫作"文酒"之会。

也可以叫作"诗酒"之会。一段时间，古典部的几个人好以打油诗彼此戏赠，往往也就在杯酒中间传观。记得我有赠聂绀弩一首云：

> 自称流浪汉，终是杂文家。
>
> 世味深甘苦，文林利齿牙。
>
> 有情谈水浒，无梦到天涯。
>
> 古典催人老，因君感鬓华。

"终是杂文家"而只能"古典催人老"，这里面当然有感慨。而一个三十一二岁的后辈，对一位长二十岁的前辈，老气横秋地说什么"因君感鬓华"，实在僭妄，他并不以为忤，他本来就没有一点前辈架子。倒是对于"无梦到天涯"一句，他郑重地问我："你这是听到什么了？"我说没有听到什么，不过是说你专心致志谈《水浒》而已。他没再问，显然是"姑置不问"的样子。我又有一诗赠张友鸾：

> 伤风晨上值，淋雨夜归家。
>
> 白日常寻梦，晴窗偶种瓜。
>
> 传闻夸鹿马，余事话桑麻。
>
> □□□□□，□□□□查。

末联忘了，押的是"查"字韵。张友鸾指着"白日常寻梦"笑道："我成了大烟鬼了。"聂绀弩也用此韵赠张友鸾，"瓜"韵他押道："文章王卖瓜。""老王卖瓜，自卖自夸"是俗典，而如此雅用，大家拍案叫绝。他的末联是："错自由他错，谁将字典查。"他和张友鸾是几十年知交，能开这个大玩笑。张友鸾笑着抗议道："文章我自卖自夸，是我自己的事，不要紧。字错了查不查，可是领导在做工作考核，不是玩的。"过了一会，聂绀弩说："改了：'一字难分处，康熙百遍查。'行了吧？"张友鸾拈须微笑道："这又太夸奖了。"

聂绀弩这样自由民主作风的领导之下，古典部的气氛很活泼，很正常，小矛盾也有，大体上是团结的。李易还是助理编辑的时候，编辑室内抄写整理的事他做得多一些，不久他便发现几位同事的文章里面，各有最常用的标点符号。他作诗一首咏之云：

陈公破折黄惊叹，张老文成句句圆；
自注自疏周氏括，舒分王逗各谋篇。

"陈公破折"是说陈迩冬文章里破折号多；"黄惊叹"是黄肃秋文章里惊叹号多；"句句圆"是张友鸾文章里句号多；"自注自疏周氏括"是周汝昌文章里括号多，大括号里面又套小括号，好像自己加注而注下又自己加疏；"舒分"是舒芜文章里分号多；"王逗"是王利器文章里逗号多，很像日本文章那样每段一逗到底，段末才有一个句号。所谓多，当然不是谁都得这么用，而是可此可彼，别人在此就不一定这么用，才能算多。在这方面各人有什么特点，本来对己对人都不甚觉察；此诗一出，各自照镜一看，互相打量，可不正是如此如此吗？于是大家佩服李易的敏锐仔细。更进一步看，破折号多，似乎表现了作者的诗人气质。惊叹号多，似乎表现了作者的热情。句号多，似乎表现了作者的明快。括号多，似乎表现了作者的缜密。前面说过，胡乔木指出我好用分号，是"当断不断，反受其乱"。那么，使用标点符号的习惯特点，简直可以反映其人的性格气质，不仅关系文章了。这一件小事，可以反映编辑室内学术上业务上互相关心互相学习的风气，所以尽管看似有些散漫，工作成绩可没有少。当时整理出版的《水浒传》《三国演义》《红楼梦》《西游记》，成了人民文学出版社救急的"老四本"，一看财务收支太不平衡了，就说"印老四本吧"，听说前几年还是如此。一套"中国古典文学读本丛书"，在全国古典文学普及工作中的影响之广泛深远，更不用说。

上面都是我在人民文学出版社二十六年中间有意思有兴致的回忆，细算一下，不过是从一九五三年到一九五五年短短两年多的事而已，作为寿礼，未免太薄。可是没有法子。后来，冯雪峰提倡的朴学精神被指责为"客观主义"，聂绀弩的自由民主的领导方式被指责为"吃吃喝喝、拉拉扯扯"，古典部从风气上被指责为"二室三般要不得，闲谈乱走打油诗"，更从政治上被指责为"独立王国"，冯雪峰、聂绀弩、舒芜、张友鸾、顾学颉、李易、王利器被打成"右派"，等等，那些事及其影响倒是长达二十四年，祝寿文章里自以不说为宜。冯雪峰、聂绀弩都已归道山。古典部的比我年长的同事，严敦易、童第德、冯都梁、麦朝枢、汪静之、赵其文、陈启明、谢思洁、赵席慈、刘敏如、张友鸾、陈迩冬、顾学颉、王利器、黄肃秋、郑云回也先后谢世。当年除了几位助理编辑而外，我是最年轻的，今年虚岁已八十了。当年全社同时上班的同事，现在仍然上班的，恐怕也极少了吧。我这一份礼，菲薄而又陈旧，实在拿不出新鲜货色。怎么办呢？只好向两年而外再找找，看能不能多少加上点什么。

一找果然有了：我没有在人民文学出版社挂过黑牌挨过打。"反右"运动在大地方大机关里，一般都还文明，不打不骂，且不说。"文革"中的"牛鬼蛇神"，可大多数挂过黑牌。我却没有挂过，也没有看见出版社其他"牛鬼蛇神"挂过，至今不知道黑牌是什么样子。还有"嚎歌"，我们更没有唱过。人民出版社的"文革"，打风很盛，人民文学出版社则不盛，同在一座楼里，不知道为什么没有受影响。解放前我是给黄淬伯教授当助教而进入高校教师行列的。"文革"中，南京大学的两个造反派来向我调查黄淬伯教授，他们说黄是蒋介石留在大陆的"四大特务之一"，我没有按照他们的需要回答，便挨了一耳光。至今为止，我平生只挨过这一记耳光，乃是外单位的人赏的，不是人民文学出版社任何人赏的。这些都应该补述之，以志感谢，然恐仍无救于礼物的菲薄耳。

二〇〇一年二月二十一日